Kirsten John

Schwimmen lernen in Blau

Unverkäufliches
Leseexemplar

Bitte nicht besprechen
vor dem 21. Februar 2001

Kirsten John

Schwimmen lernen in Blau

Roman

Deutsche Verlags-Anstalt
Stuttgart München

Die Arbeit an diesem Buch wurde mit Mitteln
des Landes Niedersachsen gefördert.

Die Deutsche Bibliothek – CIP-Einheitsaufnahme

Ein Titelsatz für diese Publikation ist bei
Der Deutschen Bibliothek erhältlich.

Satz: Bembo (QuarkXpress) im Verlag
Druck und Bindung: Friedrich Pustet, Regensburg
Diese Ausgabe wurde auf chlor- und säurefrei
gebleichtem, alterungsbeständigem Papier gedruckt.
Printed in Germany
ISBN 3-421-05446-0

»Both of us are very splashy vivid pictures, those kind with the details left out, but I know our colours will blend, and I think we'll look very well hanging beside each other in the gallery of life.« Zelda Sayre Fitzgerald

I.

»Natürlich mußt du schreiben«, sagte mein Onkel Daniel zu mir. »Alles aufschreiben, was du im Kopf hast, was die Leute amüsiert und was 'nen Vogel auf'm Kopf hat.«

Und dann bin ich losgelaufen und hab ein Blatt Papier geholt und Buntstifte und mich vor ihn gesetzt und gemalt. Schreiben konnte ich nicht, und ich malte eine Kirche, ein Haus, ein rundes Männchen mit ganz vielen Fingern an der runden Hand und einem Strich als Nase, Haare wie Igelborsten.

Die Sonne hatte noch Strahlen, die man sehen konnte, und das Leben war leicht, mit Veranda vor dem Haus und einem blauen Auto, das ich nicht ganz ausmalen konnte, und Onkel Daniel mußte mir helfen.

»Kath«, sagte er, »du darfst doch nicht über die Linien von 'nem Menschen schreiben. Niemand tut das. Schön aufpassen. Siehste? So.«

Meiner Mutter malte ich einen Bart, den sie hatte, als sie Milch trank, und alle meinten, ich würde meinen Vater malen, dabei würde ich den nie malen, den doch nicht.

Meine Brüder bekamen, was sie sich wünschten: Paul einen Hund, der ein bißchen aussah wie ein Kaninchen, und Frank ein Fahrrad, und das war sehr schwer. Onkel Daniel mußte mir mit dem Sattel helfen. Und dann haben sie gelacht über meine Bilder, dabei hatte ich doch nur alles aufgeschrieben, und war es nicht das, was Onkel Daniel gemeint hatte? Daß ich aufschreiben sollte, was die Leute amüsiert?

Paul lachte über seinen Hund mit den Kaninchenohren und zeigte auf die roten Flecken: »Der hat ja Scharlach«, dabei war mir nur das Braun ausgegangen. Dafür sollte er nie einen Hund kriegen, das hatte er nun davon. Besser einen Hund mit roten Flecken und Kaninchenohren als gar keinen Hund, oder? Nie bekam er einen, da konnte er noch soviel betteln, bei meinen Eltern kam kein Schmutz ins Haus, und ein Hund war Schmutz, das wußte doch jeder.

Wir hatten nie Tiere. Frank bekam sein Fahrrad, das konnte in der Garage stehen, und Paul durfte damit fahren. Ich nie, dabei hatte ich es aufgeschrieben für ihn.

Was ich malte, war aufgeschrieben für immer.

Onkel Daniel half mir mit dem Ausmalen, zumindest am Anfang, als ich das noch nicht so gut konnte und er bei uns noch »gern gesehen« war. Später war er das nicht mehr, aber da konnte ich schon ausmalen, ganz nah an die schwarze Linie ran und richtig aufdrücken, damit man die einzelnen Striche nicht sah.

Für Onkel Daniel habe ich immer die schönsten Bilder gemalt, mit all meinen Farben, Autos und Familie, Hunde, so viele er wollte, und Blumen, die konnte ich besonders gut.

Dabei hatte es keinen Sinn, für andere Menschen Blumen zu malen, lernte ich bald. Nie Blumen malen. Die hängte meine Mutter in ihr Nähzimmer. »Oh, sind die für mich? Die sind aber schön.« Das Zimmer, das sie so gut wie nie betrat.

Blumen hatte ich nicht mehr im Kopf, die hingen bei uns im Nähzimmer.

Als Onkel Daniel weg war und keiner mehr über ihn sprach, malte ich seine Hunde und Häuser schwarz aus und niemand amüsierte sich mehr. Das sollten sie auch nicht. Meine Bilder sollten nicht mehr lustig sein. Ich wollte aufschreiben, was in meinem Kopf war, und meine Mutter schüttelte ihren über »diese düsteren Sachen, und wer soll das überhaupt sein, mit dem Bart und den vier Augen?« Und ich malte ihr noch ein Auge mehr.

In der Schule hieß Schreiben Schreiben und Malen Malen. Und es gab gewaltigen Ärger, wenn man beides miteinander verwechselte. Ich wolle Malerin werden, mußte ich mich eines Tages entscheiden, während Feuerwehrmänner und Piloten über mich spotteten.

»Und was willst du malen, Katharina, wenn du groß bist?« fragte die Lehrerin und beugte sich zu mir herunter, mit einem Lächeln wie Parfüm.

»Was die Leute amüsiert und was ich im Kopf habe«, antwortete ich ihr, denn ich war ja nicht dumm. Und ich bekam drei Sternchen, die sonst nur noch Norma bekam, weil sie Krankenschwester werden wollte und anderen helfen.

Dabei wußte ich genau, daß ich schaffen mußte, was Onkel Daniel mir aufgetragen hatte: Ich mußte malen, »was 'nen Vogel auf'm Kopf hat«. Nichts sonst.

Ich muß schreiben. Natürlich muß ich schreiben. Ich höre seine Stimme, Onkel Daniels Stimme, und starre auf die leere Leinwand vor mir. Ich wünschte, er wäre da, aber der Wunsch ist schwach geworden im Laufe der Jahre, hat sich abgenutzt. Ein Rest von Sehnsucht bleibt, mir beim Ausmalen helfen zu lassen. Nie über die Linien von einem Menschen malen. Niemand tut das.

Hier ist alles erlaubt, hier, wo sich Tausende von Menschen drängeln. Ein wildes Gemisch von Wörtern und Farben; eine Vielzahl Linien, die sich überschneiden, laut aneinander kreischen, sich wieder entfernen. Tupfen von Farben, Blau, Gelb, Orange, schreiendes Grün, weinendes Braun.

Manchmal stehe ich vor der Uni und lasse die Farben um mich herumbranden, während ich in den Himmel sehe, der ertrinkend blau ist. Keine Linien. Über die Linien eines Menschen darf man nicht malen. Hier tun das alle.

Die Macht ist noch da. Ich kann sie spüren, wenn ich meinen Pinsel nehme und niemand mir zusieht. Wir müssen malen, während der Professor hinter uns steht und uns in den Nacken atmet. Ich muß an Frank denken, wie er mit meinem Vater Bogenschießen geübt hat im Garten hinter unserem Haus. Wie er sich mit seinem einen Auge konzentrierte auf bunte Kreise und Linien. Du mußt treffen, dich festbeißen.

Wie er gezielt und getroffen hat, während mein Vater hinter ihm stand. Ich muß mich an den Atem in meinem Nacken gewöhnen, so wie er es getan hat.

Ich starre auf die leere Leinwand und weiß nicht, ob ich das kann. Nie über die Linien malen. Diese Menschen, Onkel Daniel, haben keine Linien, kein Maß, das ich sehen könnte. Was ich im Kopf habe, ist verschwommen, ausufernd, wie eine grelle Brandung. Wenn ich die Augen zumache, kann ich die Wellen hören.

Ich will die Farben dämpfen, ich will Ruhe. Ich lege meinen Pinsel nieder und gehe, mitten im Kurs, mitten in der Erklärung.

Draußen regnet es, und das Wasser läuft in grauen Schlieren den Himmel herab. Um mich herum ist es leise, ab und zu huscht ein verwischter Schatten vorbei, während ich vor dem riesigen Gebäude stehenbleibe und die Arme hebe. Meine Haare sind so kurz, daß ich draußen bleiben kann, aber das ist es nicht: Es ist das Wasser, es sind die Farben mit viel, viel Wasser. Ich blinzele, während der Regen die Farben aus den Menschen wäscht. Wer hätte das gedacht, Onkel Daniel. Es gibt Linien, die man nicht übermalen darf, und dann gibt es noch das Verschwimmen.

Besessenheit wollte ich malen. Mein Bruder war besessen. Frank natürlich, nicht Paul, der hatte nichts Eigenes und machte nur andere nach. Besessenheit war schon etwas Eigenes, wenn auch maßlos.

Onkel Daniel hatte es mir erklärt: Besessen ist, wer sich etwas verzweifelt aneignet. Frank war so. Verzweifelt in dem, was er tat. Und mein Vater trieb ihn dazu.

Nun, nachdem sein Auge weg sei, könne er nicht mehr so gut räumlich sehen, hatte der Arzt ihm gesagt. Frank mußte ziemlich oft zum Arzt; meist, weil Paul ihm etwas getan hatte. Paul war auch der einzige Grund, warum ich mal hinmußte. Mein Vater sagte, Frank müsse nur üben. Behinderungen seien dazu da, überwunden zu werden. Behinderungen machten das Leben erst richtig lebenswert: Man wisse, was man vorher gehabt habe. Das Leben ändere sich, das sei eine echte Herausforderung.

Frank war darauf gebucht, sein Leben zu ändern und Schwierigkeiten zu überwinden. Er biß sich fest. Biß zu und ließ so lange nicht los, bis er drüber weg war.

»Das Leben stellt deinen Bruder auf 'ne harte Probe, aber Frank krallt sich fest«, sagte Onkel Daniel manchmal. Dann war ich ganz ruhig, damit das Leben mich nicht bemerkte und auch auf die Probe stellte.

Bogenschießen war Franks neue Besessenheit. Mein Vater hatte eine Zielscheibe im Garten aufgestellt und Frank einen Bogen und Pfeile gekauft.

Natürlich wollte Paul auch einen. »Damit du deinem Bruder noch ein Auge ausschießen kannst?« hat mein Vater ihn gefragt. Paul hat keinen Bogen bekommen.

Es strengte Frank an, stundenlang mit nur einem Auge auf die Reihe bunter Kreise zu starren, im Genick meinen Vater. Ich konnte sehen, wie Frank sein Auge zusammenkniff, wie ihm der Schweiß auf die Stirn trat, weil der Bogen sich so schwer spannen ließ, und das Ziel stand am anderen Ende des Gartens. Seine Arme zitterten, seine Zunge preßte sich zwischen den Lippen hervor, er keuchte.

»Und jetzt gerade halten, ja, so ist es gut, hör auf zu zittern, wenn du so zitterst, triffst du nicht.«

Mein Vater atmete ihm in den Nacken. Das wäre das Schlimmste für mich gewesen: meinen Vater direkt hinter mir zu wissen.

Am Anfang traf er nicht, wegen dem Räumlichsehen und weil er nur ein Auge habe, sagte Frank zu seiner Entschuldigung. Ich denke, er traf nicht, weil mein Vater ihm in den Nacken atmete. Dann gewöhnte er sich daran und traf öfter. Er vergaß Atem und Nacken und sah nur das Leben, das ihn auf die Probe stellen wollte. Er sah das

Leben und erwischte es am Schwanz. Grub seine Zähne hinein und ließ sich nicht mehr abschütteln.

Mein Vater klopfte ihm auf die Schulter. »Hab ich dir doch gleich gesagt. Jetzt heißt es nur noch üben. Du mußt besser sein als alle, dann werden sie sagen: Siehste, und das mit nur einem Auge. Man kann alles erreichen, wenn man nur will.«

Ich stand daneben und fragte mich, was wohl passieren würde, wenn Frank einmal daneben biß.

Die Namen fallen mir schwer. »Kann sein«, antworte ich meinem Gegenüber und runzele die Stirn. Kann sein, daß ich ihn in diesem oder jenem Kurs gesehen habe oder auch nicht.

Ich stehe vor einem Bild mit einem Baum und bereue, hergekommen zu sein. Die Uni organisiert ständig Ausstellungen, und ich wollte Aquarelle sehen, untergegangene Welten voller Regen. Aber jetzt muß ich etwas erwidern, irgend etwas sagen.

»Das ist schön«, sage ich also und deute auf das Bild vor mir. Nicht sehr originell.

»Das hier?« antwortet, wer auch immer, der Teilnehmer irgendeines gemeinsamen Kurses.

Ein leichter Farbüberzug als Grundierung erzeugt eine bräunliche, behagliche Atmosphäre. Großzügig, fast nachlässig legen sich die Farbschichten auf die Flächen, verschwimmen die grünen, satten Wiesen, naß wie Sumpf. Große, wilde Linien beschreiben die Motive: Äste, Weiden, ein Zaun. Im Vordergrund, fein herausgearbeitet, ein toter Baumstamm. Teile der Farbe wirken wie mit dem Pinselstiel oder einem Fingernagel herausgekratzt.

»Ja«, sage ich, was denn auch sonst.

»Es ist unehrlich.«

Das ist typisch. Alle meine Kommilitonen sagen immer etwas besonders Anstrengendes über Sachen, die völlig unwichtig sind. Ich tue ihm nicht den Gefallen zu fragen, was unehrlich sei, und zucke nur mit den Schultern.

Er erklärt es mir trotzdem: »Aquarelle sind nichts als visionäre Ansichten einer dem Untergang geweihten Wirklichkeit.«

So etwas sagen sie immer. »Hier sind nur Aquarelle«, erwidere ich. »Die Ausstellung heißt ›Landschaft im Aquarell‹.«

»Ich weiß«, sagt er und verschränkt wichtig die Hände hinter dem Rücken. »Aber das brauchen wir nicht mehr. Das Aquarell ist tot.«

Manchmal ist nur die Leinwand tot, manchmal die gesamte Kunst. Und das schon im ersten Semester. »Meinst du«, wende ich mich an ihn und sehe ihm dabei direkt in die Augen, »daß Gott Humor hat?«

»Wie bitte?«

»Hat Gott Humor?«

Jetzt überlegt er angestrengt, ob ich meine Frage auf das Bild oder seine Äußerung beziehe. »Ich weiß nicht. Ich glaube nicht an Gott«, erwidert er schließlich.

»Siehst du«, antworte ich und lasse ihn stehen. Es ist wichtig, ein Gefühl der Ratlosigkeit zu erzeugen, um zu entkommen.

Im hellen Park setze ich mich auf eine Bank und beschließe mitten in den vor Sonnenlicht stechenden Farben, nur noch regendurchflutete Wirklichkeit und keine Linien mehr zu wollen. Rot und Gelb und Grün in solch geringem Maße, daß sie schon fast transparent werden.

Mit dem Ärmel meines T-Shirts wische ich mir den Schweiß von der Stirn und puste mein Haar hoch.

Ich will alle Farben zum Schwimmen und so viel Blau, daß ich darin ertrinken könnte. Eine wahrhaftige Sintflut.

Das mit dem Hund, das war Macht. Abends nahm ich Paul das Bild mit dem fleckigen Hund weg, das, wo mir das Braun ausgegangen war. Es war unheimlich, sich in sein Zimmer zu schleichen: Er schlief mit offenen Augen. Ich kannte das schon. Paul war ein unheimlicher Mensch.

Der Hund lag auf seinem Schreibtisch, die Ohren angelegt, die großen roten Augen sahen mich an wie die von Paul, aber ich wußte, er schlief auch. Nachts schlafen alle.

In meiner Hand war ein großer brauner Stift, ein neuer, mit dem wollte ich die Flecken ausmalen, so braun, daß Paul den Hund mögen würde. Dann nahm ich das Blatt einfach mit, schlich mich mit dem Hund aus dem Zimmer, in dem Paul das Dunkel anstarrte.

Unter der Lampe an meinem Schreibtisch schrieb ich eine neue Geschichte. Der Hund verlor seine roten Flekken, wurde überall braun, bis an seine Grenze, auch die Augen, so daß er nichts mehr sehen konnte. Unter seinen Füßen das Gras wurde braun, der Himmel und der Knochen vor seinen Füßen. Eine brauner Himmel.

Schließlich guckte nur noch seine Nasenspitze aus der braunen Welt, aber nur, weil die vorher schwarz war und ich sie nicht übermalen konnte. Der Hund war weg, verschwunden in Pauls Vorstellung, in der Hunde keine roten Flecken haben durften.

Dann schlich ich zurück in sein Zimmer, in dem ich ihn atmen hören konnte. Ich guckte ihn nicht an, ging nur zu seinem Tisch und gab ihm das Bild zurück. Ich wußte, daß hinter meinem Rücken seine Augen starrten. Sie bewegten sich, und ich war überzeugt davon, daß sie mich sehen konnten, wenn ich nachts auf die Toilette mußte und das Licht vom Flur in sein Zimmer schien. Aber sie haben mich nie verraten.

Eine Zeitlang waren immer Augen in meinen Bildern, auch Pauls Augen. Meine Eltern dachten, ich würde Gott malen, und ich hörte damit auf, damit Gott nicht dachte, ich würde über ihn spotten.

Am nächsten Morgen war das Bild verschwunden, und Paul sagte kein Wort. Nie würde er seinen Hund bekommen.

Die Grundierung vor mir auf dem Bild ist aus warmem Gelb. Die stark verdünnten violetten Wölkchen wurden wahrscheinlich auf den noch feuchten Untergrund aufgesetzt, die Wolken im linken Bildbereich hingegen mit waagerechten Strichen aufs trockene Papier gemalt. Ich kneife die Augen zusammen und untersuche die Weite, den Horizont, der als Linie im selben Violett erscheint. Violett, aha. Das ist schön, das ist wirklich schön, ob nun jemand hinter mir steht oder nicht. Über dem Wasser schweben großzügig gelbe Wolkenflächen und ein zinnoberroter Streifen. Die Wasserfläche ist mit einem zarten kobaltblauen Ton überzogen; darüber liegt eine grünliche Lasur. Denselben Ton, jedoch verstärkt, finde ich in den Schatten auf dem Wasser und den kleinen Wellen wieder. Boot und Bohlen sind aufs äußerste reduziert und wurden sicher mit Sepia oder Sepiatusche ins Trockene gemalt; die hinteren Bohlen sind mit kräftigem Rot verstärkt. Die tiefsten Töne liegen auf den Reflexen im Wasser.

Ich nehme meinen Pinsel wieder zur Hand und versuche es, mische Kobaltblau und Krapplack, um den Ton zu treffen, nehme Wasser, zuviel Wasser, und mein Horizont wird zu einem Rinnsal mit winzigen Tentakeln; so wird es anscheinend nicht gemacht, so nicht. Mit einem Tuch läßt sich die Farbe aufsaugen, aber schön ist das nicht.

Es ist viel schwieriger, als ich gedacht habe. Tizian und Poussin will ich kopieren, den Blick von William Turner auf Venedig, die Landschaftsskizzen von John Robert Cozins. Die Welt dieser Männer fasziniert mich; verschwommene Welten, blasse Farben, und doch ist dort äußerste Intensität zu finden, dazu grenzenlose Ruhe und Harmonie. Ich habe immer nur an Linien geglaubt, Linien und Farben. Und diese Männer machen die Welt so... so transparent. Man muß großes Selbstvertrauen besitzen, um die Welt so zu sehen. So schön zu sehen.

In der Kochnische meiner Studentenwohnung koche ich mir einen Tee, Tee beruhigt, und sammle meine Gedanken.

Ich weiß zuwenig. Nicht nur über die Welt, auch über das Wasser, die sanften Tönungen sind mir ein Rätsel. Große, wilde Linien deuten die Motive an und werden wieder weggeschwemmt, zugunsten feiner Pinsel- oder Federstriche. Und unter allem das Wasser, die Wellen, die unter Booten, Hafen und Häusern verlaufen und saugen, ein schmatzendes Geräusch. Ein mahnendes dazu: Hier ist nichts ewig, keine Linien in den Boden gerammt und kein Anker aus schweren Strichen, hier kann alles weggespült werden, in Sekunden geht das. Alles fließt. Das Wasser ist die Lösung, das durchfeuchtete Papier, das alle Linien ins Nichts verlaufen läßt.

Das sind meine Lehrer. Sie stehen vor mir, blicken über das Blau in die Lagune und schwemmen ihre Gedanken aufs Bild. Es muß schnell gehen, schnell und genau: Das ist wie beim Bogenschießen. Ich bin zu langsam. Ich spüle die Tasse, lasse sie verkehrt herum im Becken stehen und stelle mich wieder an die Staffelei.

So, Venedig im Sommer, es ist warm, aber nicht zu heiß, die Sonne geht gerade auf, und über der Stadt liegt noch immer die erfrischende Kühle der Nacht. »Venedig von Fusina aus«, und mein Lehrer heißt William Turner.

Im Kaufhaus ging er regelmäßig verloren: Paul war ein Streuner. Weil sich niemand richtig um ihn kümmerte, ging er auf Wanderschaft, streifte um die Ständer herum, verschwand hinter den Regalen. Mich nahm er nie mit.

»Wo ist er denn schon wieder? Paul? Paul?« Meine Mutter rief, reckte den Hals. Dann beugte sie sich zu mir herunter. »Du wartest hier, klar? Rühr dich nicht von der Stelle.«

Ich wartete also, bis der Vorhang der Kabine zurückgezogen wurde.

»Und?« sagte Frank. »Wie seh ich aus?«

Ich zuckte mit den Schultern. Wie sollte er schon aussehen in dem Hemd mit dem großen Kragen und dem grünen Pullunder. Scheußlich eben.

»Wo ist sie denn?« fragte er und schaute sich um.

»Sucht Paul«, antwortete ich.

Frank verzog sich wieder in seine Kabine, und ich wartete. Wenn ich hier stocksteif stehenblieb, würden wir nachher noch in die Spielzeugabteilung gehen. Vielleicht hatte Paul aber auch schon alles verdorben, und ich wartete umsonst. Dahinten war er, ich konnte ihn kurz auftauchen sehen, stellte mich auf die Zehenspitzen und hielt Ausschau nach meiner Mutter. Am besten war, ich würde ihm Bescheid sagen, damit wir noch zum Spielzeug gehen konnten und keinen Ärger bekamen.

»Paul?« Jetzt war er wieder nicht zu sehen, ein paar Kurven noch, und ich wußte nicht mehr, wo die Kabine mit Frank drin war. »Paul?« Um die Ecke saß er, auf dem Boden. Kein Wunder, daß ich ihn nicht hatte entdecken können. Als er mich kommen sah, versteckte er etwas hinter seinem Rücken.

»Was denn?«

»Mama sucht dich.«

Er zuckte mit den Schultern, schaute mich mit dunklen Augen an.

»Vielleicht gehen wir nachher noch zum Spielzeug.«

Wieder ein Schulternzucken.

»Vielleicht bekommst du ja auch noch ein Hemd.«

Er zog die Nase kraus. Weil er nur wenig kleiner war als Frank, mußte er meist dessen Sachen auftragen. Paul antwortete nicht, machte aber auch keine Anstalten, aufzustehen. »Was hast du da hinter deinem Rücken?« fragte ich ihn.

Er überlegte kurz, streckte dann die Hand aus.

Ein Drache. »Toll, ein Drache.« Ich wollte nach ihm greifen, doch Paul zog ihn zurück.

»Das ist kein Drache«, sagte er und hielt mir das Plastikmonster unter die Nase. »Das ist ein Dinosaurier.«

Ich wußte, was ein Dinosaurier war, und für mich sah das, was er in der Hand hielt, aus wie ein Drache. »Der kann bestimmt Feuer spucken.«

Paul betrachtete mich verächtlich, und ich erwartete schon, daß er mir irgend etwas Blödes sagte, mir einen Schimpfnamen gab vielleicht, doch dann stand er nur auf. »Kann sein«, antwortete er schließlich. »Komm, wir gehen zurück.«

Er ging vor, und ich mußte mich beeilen, um mit ihm Schritt zu halten. Während ich zwischen bunten Stoffen entlanglief, Hunderte von wilden, bauschigen Farben, Tausendmillionen bunter Kleckse, konnte ich sehen, wie Paul seinen Arm ausstreckte und hoch über die Ständer flog. Auf und ab ging es über Bügel und Abgründe, Berge und Täler. Na also, was immer es auch sein mochte, es konnte zumindest fliegen.

Am schlimmsten ist es in der Mensa, dieses Keuchen und Summen, das Klappern von Geschirr und der Atem von Fett und Erbsen. Es ist billig, und manchmal muß ich hierher, um zu essen, aber so nicht, so eben nicht. Ich stelle das Tablett wieder zurück und gehe hinaus, wo die Sonne blendet und einem der satte Atem der Natur warm über die Haut fegt.

Es ist nicht weit zu meiner Wohnung, die auf den Park hinausgeht und wo ich Menschen beobachten kann, die sich freuen und lachen, die Federball spielen oder lesen. Ich selbst freue mich nur, wenn es regnet; vielleicht bin ich ein Regenmensch. Vielleicht ist es auch gar nicht wichtig, was man ist, solange man nicht hinausmuß. Ich esse zu wenig, soviel steht fest.

Venedig ist eng geworden, und viel zuviel Wasser. Blau kann ich ganz gut, finde ich, und ich suche nach anderen Bildern, anderen Männern und ihrem Blick auf die Welt. Nach der Natur und ihren vielen toten Bäumen, verfallenen Katen und endlosen Weiden habe ich auch Grün gelernt. Grün, das war früher das Fressen für Tiere; Grün wollte ich nicht.

Ich kann Blau, und ich kann Grün, und beide so endlos zart, daß kaum ein Hauch davon meinen Pinsel verläßt. Ruhe sanft in dieser Pfütze, schlafe ein.

Ich nehme alles zum Kopieren, was ich kriegen kann, auf Postkarten, aus Kunstkatalogen, Kalendern, Broschüren. Sie würden schreien, diese Propheten der Farben, wenn sie sähen, was ich mit ihren Madonnen und Wilden mache. Alles wird sanfter, und wenn die Bilder fertig sind, verbrenne ich sie in der Duschwanne. Zumindest die meisten von ihnen: Manche landen in einem Kurs als Austausch für einen Leistungsschein.

Ich fange an, Pastellfarben zu tragen. Ausgerechnet ich: So sollte sie mich einmal sehen. Die kleine Katharina im Blümchenkleid und im blaßrosa T-Shirt. Das würde meiner Mutter gefallen, aber das gefällt auch mir, wie ich mich so vor dem Spiegel drehe. Die Haare sind länger geworden und ich dünner, da ich kaum noch in die Mensa gehe, und ich bin blaß. Weil es regnet bei mir, ständig, und da können sie noch so sehr lachen und Federball spielen vor meinem Fenster, hier drin ist es blaß und ruhig und so weit, wie es nur sein kann. Es ist kein Gefängnis, es ist endlos.

Ich drehe mich vor dem Spiegel und beschließe, mir einen Hut zu kaufen. Einen richtigen Strohhut, wie ich ihn auf vielen meiner Vorlagen gesehen habe. Ich will englisch aussehen, schwindsüchtig. Ich will vergehen.

Paul war tot. Ich hatte ihn mit seinen offenen Augen lange beobachtet und war mir sicher, daß er tot war. Einmal habe ich ihn aus Angst geweckt, und er hat mich angeschrien.

Paul wollte nicht geweckt werden.

Onkel Daniel habe ich es erzählt. »Mädchen«, hat er gesagt, »Paul is nicht tot. Nur 'n bißchen...«, er stockte und strich mir über die Haare, »nur 'n bißchen kalt isser. Nur kalt.«

»Leichen sind auch kalt«, sagte ich.

»Ja«, sagte Onkel Daniel.

Paul hatte kurze Haare, mit denen durfte er raus, auch wenn es regnete. Er mußte auch keine Rüschen anziehen. Frank auch nicht, aber bei ihm machte es mir nichts. Paul begriff seinen Vorteil; er spürte, wenn ich hinter ihm zurückbleiben mußte. Damit ärgerte er mich dann. Aber das war nicht der Grund, warum ich glaubte, daß Paul tot war.

»Wie ist es«, fragte ich meine Mutter, »wenn ein Mensch kalt ist? Ist er dann tot?«

»Wenn ein Mensch kalt ist, dann kommt er nach drinnen und macht sich etwas Heißes zu trinken. Man soll im Winter nicht so lange draußen bleiben, das ist ungesund. Komm, Katharina, zeig mir deine Hände.»

So war es immer, wenn ich versuchte, mit ihr zu reden.

»Wer ist kalt?« fragte ich deswegen Onkel Daniel, als

er das nächste Mal zu Besuch kam. Es war vorm Essen, und wir mußten uns beeilen. Bei Tisch wurde nicht gesprochen.

»Kalt ist jemand, der einem anderen Lebewesen weh tut.«

»Bin ich auch ein Lebewesen?« flüsterte ich, denn das Mädchen trug schon die Suppe auf.

Onkel Daniel konnte noch nicken, bevor mein Vater die Augenbraue hob und in meine Richtung sah. Ich mochte es nicht, wenn mein Vater mich ansah. Mein Vater hatte Froschaugen und Froschlippen. Ich war ganz ruhig und aß meine Suppe, während ich ihn schlürfen hörte. Froschsuppe.

Paul war kalt zu Frank und mir, aber er war auch tot. Man konnte es an seinen Augen sehen.

»Du bist tot«, flüsterte ich ihm zu, weil es mir leid tat. Weil ich wollte, daß er richtig guckte und wach war. Ich wollte nicht allein sein mit ihnen.

Paul sah mich nur ausdruckslos an und tippte sich an die Stirn. »Und du bist verrückt«, sagte er laut, als sich mein Vater gerade eine dicke Scheibe blutigen Fleisches von der Platte nahm.

»Paul«, sagte der Froschmund mahnend, und Paul war ruhig. Löffelte seine Suppe aus. Bis auf den Grund. Wenn meine Mutter ihm etwas sagte, wurde er wütend, bei meinem Vater nur stumm.

Unter der Suppe kam immer ein kleines Schäfermädchen zum Vorschein. Ich aß alle Suppen auf, auch Spargelsuppe, damit ich es sehen konnte. Ihre gelbe Haube war goldumrandet, sie hatte zwei Zöpfe. Schafe lagen in der Sonne, eines fraß ein wenig Gras. Sie war meine Freundin, und ich aß meine Suppe, so schnell ich konnte.

»Schling nicht so«, sagte meine Mutter.

Pauls Löffel schabte auf dem Schäfermädchen. Die Teller wurden weggeräumt, und ich probierte etwas Gemüse und Kartoffeln und nichts von dem Fleisch.

Paul hatte nichts Eigenes, deshalb war er tot. Er machte andere Menschen nach. Er machte Frank nach, wenn er Fahrrad fuhr. Er aß wie mein Vater, auch das blutige Fleisch. Er ging wie alle, spielte wie alle, redete und lachte, und seine Augen waren die Schlafaugen. Ich wünschte mir, er würde aufwachen.

»Magst du blutiges Fleisch?« fragte ich ihn.

Er blickte hoch, sah erst zu meinem Vater und dann wieder auf seinen Teller, schnitt sich ein neues Stück ab und schob es in den Mund.

»Magst du es?« wiederholte ich. Ich wollte, daß er mir antwortete. Ich fand es unerträglich, wie er sich mit ihnen verbündete.

»Katharina, er wird es schon mögen, wenn er es ißt. Und jetzt sei ruhig«, sagte meine Mutter mahnend.

»Magst du es?« schrie ich ihn an und schlug mit der Gabel auf den Tisch. Es wurde ruhig, und alle sahen zu meinem Vater. Das war keine Überraschung.

»Katharina, geh sofort auf dein Zimmer. Ich mag keinen Lärm bei Tisch, das weißt du genau. Annette wird dir nachher etwas bringen.« Annette war das Mädchen.

Ich rutschte vom Stuhl und legte die Gabel hin, die Paul stechen wollte. Irgendwann werde ich es ausprobieren und ihn zwingen, mir zu antworten. Ob tote Menschen auch bluten?

Vielleicht ist es keine Frage der Jahreszeiten, sondern der Zeit. Vielleicht bin ich einfach zu spät geboren worden? Anfang dieses Jahrhunderts hätte ich auch nicht rausgemußt. Ich hätte ein Atelier gehabt, wäre Künstlerin geworden, würde malen, einen Zirkel haben. Das wäre natürlich der Vorteil, der Zirkel, aber daran will ich nicht denken, denn hier gibt es nur federballspielende, nihilistisch plappernde Irre. Das Aquarell ist tot, pah. Das solltest du mal sehen, Klugscheißer. Vor uns ist immer eine Mauer, aber hinter uns ist nichts, gar nichts.

Ich kopiere, was ich mag und was ich nicht mag, Bilder, die mich beeindrucken, ebenso wie Bilder, die ich ablehne. Und nur mit Wasserfarben, weil das nicht die Welt vor meinem Fenster ist, sondern eine, die sich wirklicher anfühlt. Nach einiger Zeit brauche ich auch die Bilder nicht mehr.

Meinen Hut trage ich ständig, auch wenn es drinnen etwas komisch aussehen dürfte: Wen stört das schon. Der Regen ist inzwischen hier bei mir, und ich brauche keine Linien, Landschaften und tote Lehrer mehr. Ich weiß, wie es geht, was sie gesehen haben. Ich sehe es auch. Ich lebe dort.

Nordische Landschaften mit sattem Grün und schattigen Bäumen, Moorlandschaften im blassen Nebel und immer wieder endlose Wiesen, endloses Grün unter endlosem Himmel.

Ich lese Jane Austen und die Buddenbrooks und trinke dazu Tee. Tee beruhigt nicht nur, er ist wie meine Bilder. Alles ist aus demselben Stoff, wenn man einmal darauf achtet. Alles paßt zueinander, und die Stimmen vor meinem Fenster sind leiser geworden. Manchmal höre ich nur das Tropfen des Regens; ich weiß nicht, wie lange. Manchmal esse ich etwas.

Ist Malen das, was man wirklich sieht? Ist Malerei abstrakt, oder malt man ganz einfach das, was man sehen will? Eine innere Landschaft, einen Garten Eden? Die Vorstellung, daß es im Garten Eden nur geregnet hat, gefällt mir. Eden klingt schon wie Regen.

Ich bin nicht verrückt, und ich gehe aus. Mit meinem Hut und den pastellfarbenen Sachen besuche ich die nötigsten Seminare, und ich falle nicht weiter auf. Alle malen oder schauspielern oder sind die Literaten von morgen, und so wollen sie auch aussehen. Aber sie sind leiser geworden, oder ich größer, durchsichtiger. Vielleicht schwebe ich?

Ich kann nicht malen, was ich vor Augen habe, das kommt mir falsch vor. Als würde ich einen Comic zeichnen: Mädchen mit großem Hut, Mädchen im Park, Baum im Wind, Mann auf Fahrrad. Es gibt nichts, was zu malen wert wäre, und so setze ich mich wieder auf meine satte Wiese und starre hinaus aufs Moor.

Meine Welt verträgt nur farbiges Flüstern. Übrigens ist sie wunderschön, unnötig das zu erwähnen. Sie ist so schön wie ich vor dem Spiegel. Schön und nicht von dieser Welt.

Das ist es, was der Maler Henning Overland als erstes zu mir sagt, als er eines meiner Bilder sieht: »Nicht von dieser Welt.« Und er blickt mich an mit einer Intensität, die ich seit langem nicht gespürt habe. Die es auf meinen Wiesen nicht mehr gibt.

Ich konnte Paul nie richtig malen, so sehr ich es auch versuchte. Nur seine Augen waren eine Zeitlang in meinen Bildern, aber das ging nur, solange er schlief. Sobald er wach war, beobachtete er mich. Er beobachtete mich, um mich nachzumachen. Die guten Seiten von mir, die, die meine Mutter vielleicht mochte.

»Paul will meine guten Seiten von mir abgucken«, berichtete ich meiner Mutter, damit sie ihm sagte, er solle damit aufhören.

Aber sie lachte nur spöttisch. »Da hat er ja nicht viel zu gucken.«

Sie wußte gar nicht, was meine guten Seiten waren.

Paul legte den Kopf schief wie ich, sprach mir nach, fummelte endlos lange einen Knoten auf, weil ich Geduld hatte. Er sah meine Filme und mochte wie ich Little Joe aus »Bonanza«. Auf dem Klavier spielte er die Stücke, die ich üben mußte, bevor am Donnerstag meine Klavierlehrerin kam. Und er spielte sie besser, weil seine Hände viel größer waren als meine und er schon fast eine Oktave greifen konnte. Wenn Paul ein Stück von mir anfing, begann ich sofort mit einem neuen. Paul machte alle Sachen für mich zu Ende, ich machte alles nur noch halb.

Frank nachzumachen war für ihn besonders schwierig. Frank war Mutters Liebling und nur ein Jahr älter als er. Ein Jahr, und Paul fand nicht raus, an was es lag. Er konnte ordentlich sein und Klavier spielen, soviel er wollte: Meine Mutter wollte ihn nicht.

Paul hatte nichts Eigenes. Denn wenn er mir auch die Stifte klaute und sagte, sie wären seine, konnte er doch nicht malen. Er sah nichts und mußte warten, bis ich ein Bild fertiggemalt hatte. Dann lief er damit zu unserer

Mutter, und die sagte dann entweder »Das Bild kenne ich doch schon, hat das nicht Katharina gemalt?«, oder sie schimpfte: »Jetzt fängst du auch noch mit dem Blödsinn an.«

Malen war meine beste Seite. Er wußte das, aber er merkte nicht, daß unsere Eltern das nicht verstanden.

Es schneit, leicht und dicht fallen große weiße Flocken, segeln am Fenster vorbei und machen die Welt heller. Alles wird noch ruhiger als im Regen, alles erstarrt.

Erstarren ist ein schönes Gefühl. Ich bleibe stundenlang bewegungslos am Fenster sitzen und beobachte die Ruhe, die Geborgenheit, mit der sich die ganze Umgebung weiß zudecken läßt. Die Bewegungen der Menschen vor meinem Fenster werden unwirklich, es wird leise, das Licht gedämpfter, die Kanten und scharfen Linien nutzen sich endgültig ab.

Ich bewundere das Weiß des wasserdurchtränkten Büttenpapiers, das ich inzwischen kaum noch zu stören wage. Weiß ist die Abwesenheit von Farben, Weiß ist das Nichts. Immer öfter ertappe ich mich dabei, wie ich nicht mehr male, wie ich träume und meine Gedanken keine Spuren mehr auf dem Bild vor mir hinterlassen. So leicht kann man sein, abwesend, spurlos.

Der Himmel ist weiß. Unendlich weiß. Mit den Schneeflocken gleite ich hinunter auf den Boden, starre in die farblose Höhe. Keine Linien mehr, kein Hunger, kein Verlangen. Es ist nicht traurig, eher unwirklich. Schön und nicht von dieser Welt.

Ich lag zwei Wochen in meinem Zimmer, während vor meinem Fenster der Schnee fiel und fiel und ich zu essen vergaß. Ich wußte nicht mehr, ob der Schnee draußen oder bei mir war, und wenn ich die Augen schloß, fiel er sanft vor meinen Augen weiter. Weißer Schnee vor weißem Himmel. Es gab so viele verschiedene Möglichkeiten von Weiß. Wenn die Flocken groß waren wie Federn, verfolgte ich einzelne Wege bis auf die Erde herab, das kurvenreiche Fallen, fast als könnten sie fliegen.

Als ich aufwache, liege ich zwischen weißen Laken, und der Schnee ist verschwunden. Eine schwere Lungenentzündung, sagen die Ärzte, und wenn Sie ihre Freundin nicht gefunden hätte...

Meine Freundin ist jemand aus einem Kurs, deren Namen ich nicht kenne und die den Hausmeister dazu überredet hat, meine Zimmertür zu öffnen.

»Warum hast du das gemacht?« fragt die Freundin, fragt Genna mich bei ihrem ersten Besuch.

»Was gemacht?«

»Du hast auf der Couch gelegen, und das Fenster stand weit offen. Auf deiner Decke lag Schnee. Wolltest du dich umbringen?«

Ich muß überlegen, schüttele den Kopf. Nein, es ist keine Frage von Leben und Sterben, sondern von Farben. Ertrinken kann man in Blau, aber vergehen, vergehen kann man nur in Weiß.

II.

Ich bewundere ihn. Sehe nur seine Augen, wie sie ab und zu hochschauen.

Er runzelt die Stirn, seine buschigen Augenbrauen ziehen sich zusammen, als wenn er ungehalten wäre. Er kann mich wittern.

Mein linker Arm tut weh, doch ich wage nicht, meine Position zu ändern; nur ein winziges bißchen zu ändern. Er würde es merken.

Er grunzt und schnauft, redet mit sich selbst. Ich kann jetzt nur Haarbüschel erkennen, dann wieder seine Augen, der prüfende Blick mit zusammengezogenen Augenbrauen, unwirsch und unfreundlich. Die Linie meines Nackens: Sie gefällt ihm nicht. Er murmelt etwas.

Ich atme durch den Mund aus und ziehe sofort seine Augen auf mich. Blaue Augen wie in der Tiefsee, sie werden rund, bleiben an meinem Gesicht haften.

»Sie sind müde.« Er meint mich.

»Nein«, sage ich, und mein Arm schmerzt.

Er taucht wieder ab. Ich versuche, ganz leise zu atmen, um ihn nicht zu stören. Beobachte seine Haarbüschel, braune Haare, kurzgeschnitten, die ihm widerspenstig vom Kopf stehen.

Ich muß an Franks Haare denken, die auch voller Wirbel waren, unzähmbar, in ewiger Feindschaft mit ihm selbst. Mit viel Wasser gelang ihm am Morgen ein kurzer

Triumph; in der Schule mußte Spucke genügen. Später, als er älter war, nahm er Haarwachs und sah aus wie ein zwielichtiger Franzose. Spelunken-Frank, vor allem mit seiner Augenklappe.

»Wie bitte?« Mein Arm zuckt nach oben. Ich habe ihn nicht verstanden. Den Arm höher, mein Gesicht brennt.

Es ist mir peinlich, daß er mich erwischt hat, in Gedanken an meine Familie. Hier zählt die Familie nicht, obwohl, wer ist schon meine Familie?

Die Stirn wird kraus, entspannt sich, wird wieder kraus, entspannt sich wieder. Das und das schwere Ausatmen erinnern mich an Sex, an das konzentrierte, zusammengekniffene Gesicht eines Mannes, das Stöhnen. Ich fühle mich schwach, wie ausgeliefert. Ich denke an Sex und an Heuschrecken. Wieso an Heuschrecken? Dann kommt mir das Bild nackter Füße in den Sinn, Fußsohlen, die auf- und abwippten, hoch und runter. Mein Vater, ich habe sie erwischt als Kind, damals, als sie es in der Küche miteinander machten, er und meine Mutter. Obwohl... war das meine Mutter?

Heuschrecken. Wieso fallen mir immer Heuschrecken ein, wenn ich an Sex denke? Der erste Junge im Internat, der mich berührte, mir unter das T-Shirt ging, obwohl ich kaum Busen hatte, ich hatte nie genug Busen, auch jetzt nicht. Damals fielen sie mir ein, feingliedrige lange Biester mit harten Panzern und Fühlern, die über Augen wachsen. Seine Finger liefen wie Insekten über meine Brust, und ich schlug ihn, schlug sie tot auf meinem zu kleinen Busen.

Ich mag es nicht, wenn Finger über meinen Körper laufen.

Sex ist in Ordnung, der eigentliche Sex. Ein, zwei Klassen höher haben wir's dann getan, ich und der Junge, den ich geschlagen hatte und der nie wieder über meinen Körper gekrabbelt ist. Er hat mich auf dem Rücksitz seines Wagens genommen, und das war gut so. Keine Heuschrecken mehr.

»Sie frieren.«

Ich betrachte die Gänsehaut auf meinem Körper. »Nein.« Ich senke den Arm, während meine Nackenmuskeln vor Schmerz stechen und drehe behutsam den Kopf.

»Sie sind müde. Lassen Sie uns morgen weitermachen.«

Keine Frage, eine Feststellung. Daß mich nie jemand fragt, es wird immer nur über meinen Kopf hinweg festgestellt. Dennoch, mein Arm tut weh, ich friere und bin müde. Ich gehe zu der Couch, auf der meine Sachen liegen, und ziehe mich an.

Henning Overland trocknet sorgfältig, fast liebevoll seine Pinsel mit einem alten Geschirrtuch ab. »Wir sehen uns morgen vormittag.«

Ich überlege, während ich meinen Rock zuknöpfe. Vormittags habe ich Farbenlehre bei Professor... mir fällt der Name nicht ein. »Eigentlich«, beginne ich, während ich in meine Schuhe steige. Doch das ist nicht so wichtig. »Nein«, verbessere ich mich, »ist schon in Ordnung. Bis morgen vormittag.« Ich nehme meine Tasche und gehe zur Tür, ohne mich umzudrehen. Das Bild darf ich nicht sehen.

In der Schule mußten wir auch malen. Einen Würfel. Wir sollten einen Würfel malen, von dem drei Seiten zu sehen waren, und die drei Seiten mit verschiedenen Farben ausmalen. Man sollte keinen Pinselstrich sehen. Das war immer das Wichtigste: Man durfte nicht sehen, daß gemalt wurde. Mein Würfel hatte krumme Linien, weil ich mein Lineal vergessen hatte und mir keines von den anderen Kinder leihen wollte. Dafür war ich ganz sorgfältig beim Ausmalen. Ich nahm kein Blau, weil ich in Blau manchmal versank, sondern Braun. Braun war häßlich genug. Die andere Seite wurde gelb und für die dritte Seite mischte ich Braun und Gelb, damit sie sich vertrugen.

»Katharina.« Die Lehrerin beugte sich über meine Schulter. Sie war neu. Im Jahr davor hatten wir eine andere gehabt, die sehr nett gewesen war. Die mir die Sternchen gegeben hatte, als ich sagte, daß ich Malerin werden wollte.

»Katharina, ich habe nichts von Farben mischen gesagt. Ich will reine Farben. Diese Seite mußt du übermalen.«

Gelb und Braun vertrugen sich, aber mir fiel keine andere Farbe ein, die es mit den beiden ausgehalten hätte.

»Das geht nicht«, sagte ich.

»Was geht nicht?«

»Es paßt keine dritte Farbe zu Gelb und Braun.«

»Natürlich tut es das. Grün zum Beispiel.«

Ich sah sie an, und sie schien es ernst zu meinen. Ich konnte kein Grün in meine Bilder malen. Grün war das Fressen für Tiere. »Nein«, sagte ich.

»Was heißt nein?« Alle Kinder sahen uns an, manche begannen zu kichern. »Warum kannst du kein Grün nehmen?«

»Grün ist das Fressen für Tiere«, antwortete ich ihr, und die Kinder fingen an zu lachen.

Die Lehrerin starrte mich an. »Nimm einfach irgendeine Farbe. Irgendeine.« Ihre Stimme war nicht nett.

Ich nahm meinen Pinsel, tauchte ihn ins Wasser und rührte ihn tief in das Schwarz. Schwarz war nichts, keine Farbe. Schwarz war ganz einfach nur da. Dann malte ich vorsichtig alle drei Seiten schwarz aus. Meine Linien waren nicht mehr krumm, und ich war stolz auf mich.

Am Ende der Stunde nahm die Lehrerin mir mein Bild weg, kniff die Lippen zusammen und gab mir einen Brief für meine Mutter mit.

»Das war sehr mutig von dir«, flüsterte mir ein Mädchen zu, deren Familie in der Barackensiedlung wohnte. Sie hatte einen langen Pferdeschwanz mit einer großen Blume als Zopfband und rollt ihr »r«. Ich wußte nicht, was sie meinte, aber ich fand sie nett. Ich nahm mir fest vor, mir ihren Namen zu merken.

Ich muß noch einmal von vorne anfangen.

»Gut«, Henning Overland durchdrang mich mit seinen blauen Augen, »ich nehme Sie. Aber ich nehme Sie nur, wenn Sie herauskommen aus Ihrer Welt, neu geboren werden in meiner. Es wird sein, als hätten Sie nie zuvor einen Pinsel in der Hand gehabt. Nie eine Farbe gesehen. Sie geben all Ihre anderen praktischen Kurse auf und gehen nur noch zu den theoretischen Pflichtstunden. Sie werden alle Techniken bei mir lernen. Ihre Prüfungen bei mir machen. Und Sie sitzen mir Modell.«

Ich dachte an das, was er über meine Aquarelle gesagt hatte, als seine Stimme bis ans Wasser reichte. Er war ein bekannter Maler: Jeder an der Uni wollte in seinen Kurs.

Nur das Modellsitzen, das störte mich: Ich wollte malen. Als Malerin, hat er geantwortet, müsse ich auch die andere Seite der Staffelei kennenlernen. Die geduldige Seite.

Ich habe ihn gefragt, für wieviel Bilder er schon gesessen hätte, und er hat gelacht. Er selbst sei schon als Maler geboren worden, und ich bekam eine Ahnung von seinem Wesen.

Kadmiumgelb, Karminrot, Umbra, Chromgrün, Zinkweiß. Ich lerne alles über die Farben, wie sie sind, und muß vergessen, was ich aus ihnen gemacht habe. Ultramarinblau ist eine dunkle, gedämpfte Farbe mit einem leichten Stich ins Violette. Phtaloblau ist wesentlich leuchtender und so farbkräftig, daß eine Spur davon bei Mischungen mit anderen Farben genügt. Für den Himmel und die Fleischfarben sollte jedoch zusätzlich eine Tube Kobaltblau bereitliegen.

Keine Farbe zum Ertrinken; kein Himmel ist weit genug.

Kadmiumgelb-hell ist ein leuchtendes Sonnengelb mit ebenfalls sehr starkem Färbevermögen. Gelber Ocker dagegen ist ein sanfter gelbbrauner Farbton. Grün wird selbst gemischt und dazu nur Titanweiß verwendet. Wir verbringen ganze Nachmittage mit dem Mischen von Farben, mit Malpaletten und Farbkarten.

Zu Beginn läßt Overland mich nur mit Borstenpinseln malen, später kommen Haarpinsel, Palettmesser und Malspachtel hinzu. Wir malen auf Tuch, Malpappe und Leinwand, und ich lerne es zu schätzen, auf Holz zu arbeiten.

Henning Overland liebt das langsame Trocknen der Ölfarben. Er inhaliert das Terpentin, das sich schon innerhalb von Minuten verflüchtigt, und wartet auf die Metamorphose des Öls, das sich zu einer zähen, lederartigen Schicht verdickt.

»Die Farben beobachten einen«, sagt er dann, »ob man ihnen noch etwas hinzuzufügen hat. Sie schauen einen an.«

Es widerstrebt meinem schnellen, nachlässigen Stil, den ich mir durch die Aquarellmalerei angeeignet habe, mich tagelang von trocknenden Farben anstarren zu lassen.

»Sie reden nicht mit Ihren Bildern«, sagt Overland, »Sie spucken sie aufs Papier.« Meine Bilder bräuchten Geduld. Die will er mir beibringen.

Ich sitze vor ihm und beobachte seine Augenbrauen. Ich bewundere ihn und bin dankbar dafür, ihm nahe zu sein. Meistens friere ich, und mein Körper schmerzt, aber ich versuche, Geduld zu lernen und seine Gedanken zu lesen.

Haarbüschel tanzen hinter der Leinwand, dann wieder der prüfende Röntgenblick seiner durchdringenden Augen auf die Biegung meines Halses, die Form meines Kinns, die Rundung meiner Brüste. Ich sitze nackt, seinen Blicken ausgeliefert und denke an Heuschrecken und Sex, während er wie ein Süchtiger das Terpentin einatmet.

Ich weiß, daß er nicht an mich denkt, wenn er mich malt. Kadmiumgelb und Karminrot sind seine Gedanken, aber nicht in einem überwältigenden, überschwemmenden Sinn, sondern kalkuliert und nüchtern. Wenn ich soundsoviel Prozent dieser Farbe mit soundsoviel Prozent von der mische, ergibt das diesen und jenen Farbton. Ein Gedächtnis aus Farben, berauscht vom Geruch des Öls.

Ich bin dankbar dafür, ihn beobachten zu können. Manchmal, in meiner Nacktheit, fühle ich mich fast glücklich. Es kommt mir vor, als ob wir in diesen ruhigen Stunden etwas teilen. Ein Geheimnis. Das Geheimnis meines Körpers, aufgeteilt in prozentuale Farbrechnungen. Ich bin nicht eine einzige Farbe, sondern eine vielfache, genaue Mischung und daher einmalig. Ja, so komme ich mir vor: einmalig. Er murmelt die Prozentzahlen meines Körpers vor sich hin, die Haut meiner Schultern, die Beschaffenheit meiner Wimpern. Mir wird schwindelig, wenn ich aufgelöst werde und neu zusammengesetzt, ein Gewirr von Farben. Und ich friere.

»Wollen Sie aufhören?« Er betrachtet mich über den Rand der Leinwand hinweg, den Blick noch benebelt vom Geruch des Terpentins, von meinem Geruch.

Einen brennenden Augenblick lang verspüre ich das Verlangen, seinen Kopf zu nehmen, ihn in meinen Schoß zu drücken und ihn mich wirklich riechen zu lassen. »Mir ist ein wenig kalt.«

»Ich habe mich schon beschwert wegen der Heizung, aber hier dauert es ja Wochen, bis etwas passiert. Machen wir für heute Schluß.« Sein Kopf verschwindet hinter der Leinwand. Sorgfältig wird er sich seinen Pinseln zuwenden und dabei das Trocknen des Bildes beobachten.

Ich ziehe mich an und gehe, wie immer peinlich darauf bedacht, ihn nicht zu stören. Ohne ein Abschiedswort ziehe ich die Tür hinter mir zu. Sein Bild von mir habe ich wie immer nicht gesehen.

Genna, was soll das überhaupt heißen, Genna? Ich versuche, mich zu befreunden, merke mir ihren Namen und lade sie zum Tee ein. Sie glaubt, sie hätte mich gerettet, und ich muß lächeln. Kann man sich tatsächlich aus Bildern retten lassen?

Ihre Eltern seien Hippies gewesen, erklärt mir Genna, Vollbluthippies.

»Was sind Vollbluthippies?«

»Na, solche mit Räucherstäbchen, die nackt rumliefen, und Buddhisten sind sie immer noch.«

»Das ist ein Scherz, oder?«

»Keineswegs. Ich kann mich nicht daran erinnern, meine Eltern als Kind je in Klamotten gesehen zu haben.« Sie sieht mein entgeistertes Gesicht und zwinkert mir zu. »Jetzt sind sie natürlich ruhiger und älter geworden und haben auch ab und zu was an.« Ich sehe wohl zu erleichtert aus, denn rasch fügt sie hinzu: »Aber die Hälfte meines Lebens sind sie nackt und zugekifft an irgendeinem holländischen Strand rumgelaufen.« Sie gießt sich eine Tasse Tee ein, nimmt drei Löffel Zucker und rührt klirrend um. »Und du? Irgendwelche Skandale bei deinen Eltern?«

Ich schüttele den Kopf. Nein, alles normal.

»Irgendwelche Geschwister?«

»Einen Bruder.« Manchmal unterschlage ich den einen oder anderen, ohne besonderen Grund. Aber ich will nicht über Familie reden. Nicht nach Namen fragen, denn da kleben sie dran. Alle, Generationen von Eltern. Und Brüder. Dunkle Geschichte. Ich fange ihren neugierigen Blick auf und weiß, daß ich noch etwas sagen muß. »Nein, wirklich, bei mir war alles ganz langweilig. Wir hatten immer ein Mädchen, das für uns gekocht und geputzt hat und so, das ist aber auch schon das Aufregendste, was es über uns zu berichten gibt.« Und ich hatte einmal eine Freundin, kommt mir plötzlich in den Sinn, ein Mädchen wie Genna. »Hattest du eine Freundin, als du klein warst?«

»Eine? Hunderte.« Genna lacht. »Bei uns war ständig was los. Ich hab zwar in keiner Kommune gelebt, aber das, was sich meine Eltern unter Familienleben vorstellten, kam dem sehr nah.«

Sie erzählt von Stränden, Lagerfeuern und Banden von Kindern, aber ich kann kaum noch zuhören. Die Freundin beschäftigt mich, die, an die Genna mich erinnert hat. An eine Schildkröte muß ich denken, mit Zehennägeln und einem hornigen Panzer, einen schmutzigen kleinen Jungen und ein Lager. Kein Lager wie das, von dem Genna gerade erzählt, eins mit Feuern zum Kochen und Stimmen von Menschen.

»... nie für mich allein, das war der Nachteil. Wochenlang habe ich meine Eltern nicht gesehen. Ein Kommen und Gehen, und niemand sagte hallo oder meldete sich ab, das war halt spießig, man war einfach da oder eben nicht.«

»Furchtbar«, unterbreche ich sie.

»Was denn?«

»Einfach zu verschwinden.« Ich habe nicht zugehört, nur den letzten Rest mitbekommen, aber ist es denn nicht furchtbar, einfach so zu verschwinden, ohne sich zu verabschieden? Schildkrötenfreundinnen tun so etwas; nein, das war unfair. Noch Jahre danach tut es weh, und ich habe das dringende Bedürfnis, etwas zu tun. Ich hätte damals etwas sagen müssen.

»Noch Tee?« frage ich. Genna nickt, und ich stehe auf,

um Wasser aufzusetzen. Es gibt zu viele verschwundene Menschen. Das hätte ich Genna erklären können, die jetzt ruhig ist, aber ich kann es nicht. Verzweifelt suche ich nach einem Thema, das sie wieder reden läßt, von ihrer Familie und den Leuten am Strand, egal was. Die Schildkröte kriecht durch meine Gedanken. Mit einem Ruck drehe ich mich zu Genna um. »Und, hattest du ein Haustier?« frage ich sie und greife nach dem Zucker.

Das Mädchen hieß Irma. Sie wohnte mit ihren Eltern und ihren Geschwistern in der Barackensiedlung. Eine Menge flacher Häuser standen da, und eine Menge Menschen wohnten in ihnen. Kleine Kinder spielten um die Hütten herum und gruben in der Erde, die Frauen saßen auf Stühlen vor der Tür und rauchten, und Irma ging mitten zwischen ihnen hindurch. Im Stimmengewirr konnte ich einige Worte verstehen, das meiste jedoch hörte sich fremd an.

»Kommst du?« Irma dreht sich nach mir um, und ich beeile mich.

»Was reden die Leute für eine Sprache?«

»Die? Russisch.«

Ich mag es, wie sie »Russisch« sagt. Klingt mehr wie »Rrrrussisch«.

»Und du?« frage ich sie, während ich neben ihr hertrabe. »Kannst du auch russisch sprechen?«

»Nein«, sagt sie, ohne mich anzugucken, und ich habe das Gefühl, sie lügt mich an und sie kann es doch.

Mir ist, ehrlich gesagt, ein bißchen unheimlich. Nicht die Barackensiedlung, die finde ich sehr aufregend. Aber ich habe noch nie ein Mädchen aus der Schule nach

Hause begleitet. Die Einladung war auch etwas merkwürdig. »Willst du meine Schildkröte sehen?« hatte sie mich gefragt und gleich hinzugefügt: »Essen gibt's aber keines.« Das klang wütend, als hätte ich sie um etwas zu essen gebeten.

»Ich will auch gar nichts essen«, habe ich im gleichen Tonfall zurückgegeben. Aber ihre »Schildkrrrötte« wollte ich schon gerne sehen.

Also gehen wir mitten zwischen den Hütten hindurch, vor denen kleine Kinder spielen und rauchende Frauen sitzen. Die älteren Frauen tragen Kopftücher. Ich finde Frauen, die rauchen, sehr spannend und versuche, mir meine Mutter so vorzustellen. Auf einem Stuhl zu sitzen, würde ihr ganz gut tun, die Beine gespreizt, mit fleckigen Hosen. Ich muß lachen.

»Was lachst du denn?« fragt Irma mich wütend. Sie ist sehr leicht wütend.

»Wenn ich groß bin, werde ich auch rauchen«, sage ich nur.

Irma schüttelt den Kopf. »Ich spare das Geld und kauf meinen Geschwistern was Süßes.«

Irma sagt immer so überraschende Sachen. Ich würde Paul und Frank niemals etwas abgeben, geschweige denn ihnen Süßigkeiten kaufen. Ich würde all die Süßigkeiten genüßlich vor ihren Augen wegrauchen. Der Gedanke macht mir Spaß.

»Warte hier«, sagt Irma und zeigt auf die Tür eines der flachen Häuser, die für mich alle gleich aussehen. Das ist wahrscheinlich ihr Zuhause. Ich bin etwas enttäuscht, daß ich nicht mit hineindarf, aber dann setze ich mich auf die Stufe davor, wie die Frauen in der Siedlung. Nur meine

Beine kann ich nicht spreizen, weil ich ein Kleid anhabe, und dann kann man meine Unterhose sehen.

Irma kommt wieder heraus, ihre Hände zu einer Kugel geformt. Hinter ihr stelzt ein furchtbar kleiner, furchtbar schmutziger Junge heraus und setzt sich neben mich. Auf einmal möchte ich Irma beschützen, wie sie ihre Hände um die Schildkröte hält, und ich habe Angst um sie. Ich möchte weggehen, weil es so traurig ist, wie sie ihre Hände hält, aber dann wäre sie bestimmt wieder wütend. Oder Schlimmeres.

Der kleine schmutzige Junge neben mir starrt mich an. »Warum starrt er mich an?« frage ich Irma.

»Ach, das ist mein Bruder, der guckt immer so.« Dann hält sie mir ihre Hände hin und öffnet sie langsam.

Ich sehe einen Panzer mit vier grauen Beinen und einem nackten Kopf, der älter aussieht als der von meinem Großvater. Ich frage, ob ich sie mal streicheln darf.

»Klar«, sagt Irma.

Ich streichele die Schildkröte, und sie zieht sofort alle Beine und ihren Kopf zurück in ihr Haus. »Sie ist weg«, sage ich.

»Nee, sie ist da drin.«

»Kannst du nicht machen, daß sie rauskommt?«

Irma schüttelt den Kopf. »Sie soll freiwillig rauskommen oder gar nicht.«

»Sie mag wohl nicht, wenn ich sie anfasse?«

»Nee.«

Ich überlege eine Weile und betrachte den Panzer. »Was frißt sie?«

»Gras und Apfelinneres.«

»Apfelinneres« habe ich noch nie gehört. Wahrscheinlich meint sie das Gehäuse. Die Schildkröte streckt vorsichtig ihren Kopf heraus, und Irma streichelt sie ganz leicht. Diesmal zuckt sie nicht sofort zurück.

»Sie kennt mich«, erklärt Irma.

Wir betrachten sie noch ein wenig, dann bringt Irma sie in die Hütte zurück. Ihr kleiner Bruder starrt mich immer noch an, und ich fühle mich ein wenig unbehaglich. Als Irma wieder rauskommt, frage ich sie deswegen.

»Laß ihn doch starren«, sagt sie unwirsch. »Ist bestimmt wegen deinem Kleid.«

»Was ist denn mit meinem Kleid?«

»Ist so hübsch und sauber.«

»Das macht das Mädchen«, sage ich wie zur Entschuldigung.

Irma zuckt mit den Schultern. Unschlüssig stehen wir uns gegenüber.

»Tja«, sage ich, »dann gehe ich wohl mal. Meine Mutter wartet sicher auf mich.« Was auch stimmt, mir aber egal ist.

»Ich bringe dich. Würdest hier doch nicht rausfinden.« Wir gehen schweigend bis zum Ausgang der Siedlung. »Weißt du, warum ich dir Dschuja gezeigt habe?« Dschuja ist wahrscheinlich ihre Schildkröte. Ich schüttele den Kopf. »Weil du nicht soviel quatschst. Und weil du gern was zum Gucken hast.«

Ich nicke. »Ich male«, erkläre ich.

»Ja, schwarze Würfel«, grinst sie.

»Schwarze Würfel«, lache ich zurück. Ich winke ihr zum Abschied zu und nehme mir fest vor, ihr ein Schildkrötenbild zu malen.

Obstkörbe voll dunkler, reifer Früchte. Bergeweise Obst, kistenweise.

Ich beiße in einen Apfel und lege ihn mit der angebissenen Seite nach unten zurück in die Schale. Ich mag es, unter dem perfekten Arrangement die Zerstörung, das Unvollkommene zu ahnen. Mehr zu wissen als er, als mein Lehrer.

Obst ist leicht zu malen. Mit einem runden Haarpinsel und gebrannter Umbra, die ich stark mit Terpentin verdünne, skizziere ich die Früchte. Zwei Bananen, ein paar Äpfel und Apfelsinen in der Schale, eine Traube Wein, ein paar Äpfel davor. Das klassische Arrangement.

Die wichtigsten Formen fülle ich großzügig mit Farbe, die eine cremige Konsistenz hat und nur so viel Malmittel enthält, daß sie sich leicht verarbeiten läßt. Die Äpfel werden mit geschwungenen Pinselstrichen in Alizarin-Krapplack, Rot, Gelb und etwas Weiß gemalt, die Apfelsinen mit Kadmiumrot, Kadmiumgelb und Weiß. Die Bananen arbeite ich in Gelb und Weiß; durch einen Hauch von gebrannter Umbra und Ultramarinblau wird die Mischung gedämpfter.

Ich blicke zur Uhr. Wenn ich zu schnell male, wird er wütend. Eine halbe Stunde ist vergangen.

Ich mansche auf meiner Palette herum und warte darauf, daß die Farben eintrocknen und mich beobachten, was sie allerdings nicht tun.

Mit einem großen Borstenpinsel lege ich den Hintergrund in einer Mischung aus Alizarin-Krapplack, Kadmiumrot, ein wenig Blau und Weiß an.

In den Geschäften für Malereibedarf sind die größten Tuben die mit dem Weiß. Sie sind ständig ausverkauft.

Die Welt hat ein schier unersättliches Verlangen nach Weiß.

Für die Tischplatte trage ich mit horizontalen Pinselstrichen gebrannte Umbra, Ultramarinblau und Weiß auf, bei den Schatten ist die Mischung dunkler.

Mit dem Farbton, den ich für die Äpfel verwendet habe, überarbeite ich das Obst in der Schale. Die Farbmischung für die Trauben besteht aus verschiedenen Kombinationen von Blau, Gelb, gebrannter Siena und Weiß. Die Schale wird mit geschwungenen Pinselstrichen eine Mischung aus Blau, Alizarin-Krapplack, Weiß.

Ich drücke einen großen Klecks Weiß auf meine Palette. Das hatte ich damals malen wollen, Weiß, eine weiße Welt auf weißem Papier. Die Kunst, in Schnee versunken: Es ist immer noch eine sanfte Verführung, tödlicher Schlaf.

Aber nicht mehr für mich, weckt mich der scharfe Geruch der Farben. Ich mische auf meiner Palette, bin immer noch zu schnell und versuche, bis hundert zu zählen.

Bei hundert füge ich mit kleineren Borstenpinseln den Formen ein paar dunkle und helle Töne hinzu, damit sie plastischer wirken. Als wenn sie das nötig hätten! Der Farbe, die ich für die Äpfel verwendet habe, gebe ich ein wenig gebrannte Siena und Blau bei und male damit die Schattenseiten der Äpfel. Die dunklen Stellen zwischen den einzelnen Früchten in der Schale vertiefe ich mit gebrannter Siena und Ultramarin. Die Schale selbst wird mit Blau und Weiß aufgehellt. Ein paar Pinselstriche fast reines Weiß auf der Oberseite der Früchte, vermengt mit einer Spur Kobaltblau, läßt sie glänzender aussehen.

Wieder zähle ich bis hundert und beobachte dabei Henning Overlands Schüler. Die anderen Schüler. Rechts neben mir steht David, die Zunge zwischen wulstigen Lippen eingeklemmt. Er ist nervös. Er ist immer nervös, wenn er malen soll, aber er ist ein guter Beobachter. Er starrt auf sein Obst, als wollte er es hypnotisieren. Ich frage mich, ob er auch abgebissen hat.

Carola sehe ich im Profil. Die lange Nase, den Flaum auf ihrer Oberlippe. Sie malt mit kräftigen, fast trotzigen Bewegungen. Ob Overland sie auch nackt malt?

Dann gibt es noch Stefan, der schräg hinter mir sitzt, ein paar Semester und einige Obstkörbe weiter ist und noch kein Wort mit mir gesprochen hat. Ich kann ihn nicht sehen, vergewissere mich jedoch ständig, daß er von seinem Platz aus keinen Blick auf mein Bild werfen kann.

Nissa, im hinteren Teil des Raumes, darf Blumen zeichnen. Ich weiß nicht, ob das eine Auszeichnung oder eine Strafe ist. Dann noch ein Student, der neben Overland sitzt und nur selten da ist. Im Moment malt er nicht, und ich hab mir bis jetzt noch nicht merken können, wie er heißt. Für die anderen Namen habe ich drei Wochen gebraucht.

Henning Overland beobachtet mich, und ich mische demonstrativ bedächtig auf meiner Palette herum. Konzentration und nicht so eilig. So langsam ich kann, beginne ich, die Formen zu verfeinern. Geschwungene Pinselstriche in Kadmiumgelb, gebrannter Umbra, Ultramarinblau und Weiß werden die Schatten der Bananen. Zu der Mischung der Äpfel füge ich Weiß, um den Farbton der Früchte in der Schale abzumildern. Helle und dunkle

Pinselstriche in Blau, Gelb und Weiß ziehe ich mit der Spitze eines Rundpinsels um die Trauben. Mit demselben Pinsel unterstreiche ich die Form der Schale mit dunklen Linien in gebrannter Siena und Ultramarinblau.

Nissa, Stefan, David und Carola gehen zum Essen. Ich bleibe zurück mit Overland und dem Studenten ohne Namen, um den Obstkorb, der mich langweilt, zu einem Ende zu bringen. Sie flüstern ab und zu, sehen zu mir hin. Ich will nur fertig werden und den Apfel essen. Weintrauben kann ich nicht ausstehen.

Mit einem sehr kleinen Rundpinsel gebe ich dem Wein und den Äpfeln Stiele, male dunkle Flecken auf die Bananen und Schatten zwischen die Trauben. Ich spüle den Pinsel in Terpentin, streife ihn auf Zeitungspapier ab und deute mit reinem Weiß das Licht auf der Banane, den Trauben, Äpfeln und der Schale an.

Das Obst ist besiegt, aber ich will es noch verbessern.

Mit einem kleinen Borstenpinsel vervollkommne ich die Innenseite der Banane mit etwas Kadmiumgelb und Weiß und verwische diese helle Mischung mit den Schatten. Um den Schatten am Fuß der Schale zu vertiefen, nehme ich gebrannte Umbra und Blau. Als die anderen vom Essen zurückkommen, verwische ich gerade mit einem kleinen, flachen Haarpinsel Licht und Schatten auf den Trauben und füge dann mit einem Rundpinsel ein paar Striche Weiß hinzu, das mit der grünlichen Mischung von vorhin versetzt wird. Zuletzt trage ich ein wenig von der warmen Tönung des Hintergrundes auf die hellen Stellen der Tischdecke und die Schatten der Schale und des Obstes auf. In dieser letzten Phase arbeite ich mit unverdünnter Farbe, die auf der Leinwand erhaben wirkt.

Ich schwitze, streiche mir das Haar aus der Stirn. Jetzt ist es fertig. Ich lege den Pinsel weg. Ohne auch nur einen weiteren Blick an das Bild zu verschwenden, gehe ich zum Obstkorb, nehme mir den angebissenen Apfel und esse ihn auf.

Einen Fingerzeig sollen wir interpretieren, die Erschaffung Adams von Michelangelo, fast eine Berührung, eine Berührung Gottes.

Ich frage Genna, ob sie an Gott glaubt.

»An Gott? Wann war noch mal Gestaltung? Neun oder neundreißig?« Sie steckt ihren Füller in den Mund, kramt mit beiden Händen in ihrer Tasche und fördert ein schwarzes Notizbuch zutage.

»Viertel nach neun.«

»Auch gut.« Sie kritzelt in ihr Buch, die Tasche rutscht ihr von der Schulter. Sie läßt alles zu Boden gleiten und hockt sich mitten in den Gang, schließt Füller und Notizbuch und verstaut alles wieder in ihrer Tasche. »He!« ruft sie jemandem nach, der sie angerempelt hat.

Ich mag ihre Art, sich mitten in den Weg zu setzen und »He!« zu rufen, wenn jemand über sie stolpert. »Gott«, erinnere ich sie.

»Ach ja, Gott. Nein, ich glaube nicht an Gott. Aber bei der Schubert müssen alle Gottesbilder interpretieren. Wir hatten eine Ikone, Holz, ganz vermodert, Maria mit 'nem Heiligenschein. Ich glaube, Gott selbst ist nicht nötig für den Kurs.«

Das meine ich nicht. Ich meine die Berührung, den Fingerzeig Gottes auf den Menschen, die Berührung, die nicht stattfindet. »Das meine ich nicht.«

»Was dann?«

»Michelangelo. Gott, der auf den Menschen zeigt und ihm eine Berührung vorgaukelt. Das finde ich entsetzlich.«

Genna sieht mich prüfend von der Seite an. »Glaubst du an Gott?«

»Manchmal.« Manchmal, wenn ich allein sein will. Dann kann ich sie spüren, diese Beinah-Berührung. Dann stelle ich mir vor, wie er mir die Hand entgegenstreckt, sein Zeigefinger fast meine Fingerspitze berührt.

»Das ist wie ein Versprechen«, fährt Genna fort. »Ihn berühren kannst du nur, wenn du tot bist.«

»Ich verzichte. Gehen wir essen.« Ich kann nichts schreiben über die nicht vollzogene Berührung eines bärtigen alten Mannes, der von einer Wolke herabgeschwebt kommt und seinen Finger ausstreckt. Ich weiß allerdings viel über Berührungen, die nicht stattfinden, und den Schmerz, wenn man die Hand ausstreckt und nicht in den Himmel hinaufreicht. Das keuchende Atmen am Boden. Die Tränen. Dann endlich der Schlaf.

Zumindest versucht er nicht, mich mit »die Kunst ist tot« oder ähnlichem Gequatsche zu beeindrucken. Eigentlich redet er gar nicht. Soll er auch nicht, denn er muß mir Modell sitzen.

»Ich bin beeindruckt«, sagt er am Anfang, als er mir die Hand schüttelt. »Henning muß sehr begeistert sein von dir, wenn er dich jetzt schon Köpfe malen läßt.« Dann hält er still.

Wir sind allein im Kunstraum, umgeben von Blumen und Äpfeln in Öl. Die weiße Leinwand liegt vor mir und erschreckt mich kein bißchen. Ich mag Weiß nun mal.

Mit einer Spur von Bedauern beim ersten Pinselstrich skizziere ich die Kopfform, male die Umrisse von Haar, Hals und Schultern. Mit einer horizontalen Linie deute ich Augenbraue und Nasenspitze an.

Meine prüfenden Blicke stören ihn nicht, er sitzt nur da. Sehe ich auch so aus, wenn ich Henning Modell sitze? Ich bin allerdings nackt: Das ist ein Unterschied. Er sieht gut aus, und ich kann ihn mir durchaus nackt vorstellen. Wie war bloß sein Name?

Mit einer dunkleren Farbmischung lege ich kleinere Formen über den groben Umriß, lege die Form von Augen, Wangen, Nase, Mund und Ohr fest. Die Linie zwischen Haar und Gesicht muß genau stimmen.

Es ist tatsächlich eine Frage von Linien: Bei Menschen ist es das. In Gedanken leiste ich Abbitte bei Onkel Daniel.

Die Augen liegen etwa in der Kopfmitte, die Nase zwischen Augen und Kinn und der Mund ungefähr in der Mitte zwischen Nase und Kinn. Der obere Rand der Ohren ist auf Höhe der Augenwinkel, und das Ohrläppchen bildet eine Linie mit den Nasenlöchern.

Weiter. Ich denke an das, was Henning Overland uns immer wieder predigt, und nehme mir viel Zeit, um Licht- und Schattenseiten festzulegen. Die helle Mischung kommt auf Stirn, Nase und Wangen, der Schattenfarbton in die Augenhöhlen und über die Wange hinunter zu Unterlippe und Kinn.

Jetzt besteht der Student ohne Namen nur noch aus großzügigen Farbflächen, und obwohl die skizzierten Einzelheiten vollständig überdeckt sind, wirkt er bereits lebensecht. Es ist warm hier, aber ich lasse die Fenster zu.

Ich weiß, daß das Stillhalten einen frieren läßt. Der Student räuspert sich, sagt aber nichts.

Um den Kopf plastischer wirken zu lassen, trage ich mit raschen Strichen die Farbe für den Hintergrund um ihn herum auf; die Feinarbeiten werde ich später erledigen. Bisher habe ich nur Borstenpinsel benutzt, entscheide mich für die Konturen jedoch für einen kleineren, flachen Rotmarderpinsel.

Da ich weiß, wieviel Wert Overland auf Mischungen legt, verwende ich viel Zeit auf die Haare und versuche, die Linien eher nachlässig zu verbessern. Niemals über die Linien von einem Menschen malen, aber für meine Note ist es besser, ich tue es. Ich verstärke die Kontraste im Gesicht und beobachte, prüfe. Helle Pinselstriche im ursprünglichen Hautton werden in der Mitte der Stirn, bei der Nase, um Augenhöhlen und Mund, an Ohr und Hals aufgetragen; die Schatten noch einmal mit einer dunkleren Version des Hauttons verstärkt.

Der Kopf wirkt eckig, kantig, und ich bin unzufrieden. Mein Modell merkt das und fragt, ob er mir helfen soll. Sicher, wenn Overland das erlaubt.

»Hast ja mächtig Respekt vor ihm«, lächelt er, als er hinter die Leinwand kommt.

»Du nicht?«

»Doch, natürlich. Er ist ein großartiger Lehrer.«

»Hat er dich auch schon gemalt?« frage ich ihn.

»Mich? Nein.« Mein Studentenmodell ohne Namen lacht. »Er malt nur Frauen.« Und zwinkert mir zu. Ich komme mir dumm vor. »Dafür«, setzt er hinzu, »müssen seine männlichen Studenten für die kleineren Semester stillhalten.«

Das bin ich also: ein kleineres Semester. Meine Stimmung verdüstert sich.

»Aber das hier«, er pfeift anerkennend durch die Zähne, »ist wirklich gut. In welchem Semester bist du?«

Ich sage es ihm, und meine Stimmung bessert sich sofort wieder. Während er mir erklärt, welche Übergänge zwischen Licht und Schatten ich noch sorgfältiger nacharbeiten müsse, berührt er wie zufällig meine Hüften.

Das Portrait ist jetzt fast fertig, obwohl noch ein paar Verfeinerungen gemacht werden müssen. Den Hintergrund bis an den Rand der Leinwand malen, beispielsweise, und den Bereich vor dem Gesicht etwas aufhellen, um den Kontrast zwischen Haut- und Hintergrundfarbe zu verstärken. Der Student gibt mir diesen Tip. Ich will aufhören und später noch einige Akzente zufügen; dazu brauche ich mein Modell nicht mehr. Ich sage es ihm.

Erst als er schon zur Tür hinaus ist, fällt mir ein, daß ich ihn die ganze Zeit nicht nach seinem Namen gefragt habe. Jetzt ist es zu spät. Von meinem Bild blickt er mich an und ist nicht mehr ganz so kantig.

Es tut gut, wieder Linien zu malen. Sich langzuhangeln an Lippen und Augen, dem Verhältnis von Ohren zu Mund und Nase. Ich denke an Onkel Daniel, all die wirklich schönen Bilder für ihn, das Haus und die Autos, ein Meer von Blumen. Am Anfang, als ich noch Blumen gemalt habe für ihn, obwohl Grün das Fressen für Tiere war.

Ich betrachte das Bild ohne Namen. Ein bißchen mehr Wildheit könnten diese flächigen Mischungen auf seinem Kopf schon vertragen, und ich betone die Linien. Und ein bißchen mehr Schatten: Wer will schon so ans Licht gezerrt werden. Ein Bild ist ein von Linien gestütztes Versteck.

Es ist schon spät, als ich meine Hände mit Terpentin abreibe und dabei prüfend mein Bild betrachte. Es ist der Student ohne Namen und ist es wieder nicht. Das ist meine gute Seite, egal ob Overland sie nun schätzt oder nicht: Ich kann Menschen verstecken. Ich habe die Macht dazu.

Ein Schildkrötenbild für Irma. Ich habe die Schildkröte ganz bunt gemalt, damit sie aussah wie in ihrem Lager, wo sie wohnte. Ich nahm alle meine leuchtenden Farben, aber es war nicht leicht, den Kopf hinzubekommen. Ich schaute in Franks Biologiebuch nach und entdeckte, daß sie einen Schwanz und Zehennägel hatte. Onkel Daniel fand mein Bild sehr gut. Ich malte noch eine Hütte und ein Mädchen, das Irma sein sollte.

Irma war nicht in der Schule. Jeden Tag nahm ich ihr Schildkrötenbild mit in die Klasse, aber sie war krank. Ihre Mutter hatte es unserer Lehrerin gesagt. Als sie wiederkam, war sie blaß und schüchtern. Sie sah mich nicht an und setzt sich auf den letzten Platz; ganz hinten, da, wo kein Licht hinkam. Eigentlich saß sie vorne neben einem Mädchen mit langen Zöpfen. Die Lehrerin sagte: »Schön, daß du wieder da bist«, und dann nichts mehr. Sie wunderte sich gar nicht, daß Irma nicht auf ihrem Platz vorn bei dem Mädchen mit den langen Zöpfen saß.

In der kleinen Pause blieb sie an ihrem Platz, und ich ging zu ihr. »Hallo, Irma«, sagte ich.

»Hallo«, antwortete sie, ohne mich anzuschauen.

»Warum sitzt du hier hinten?« fragte ich sie. Sie erwiderte nichts. »Hast du dich mit dem Mädchen gestritten, neben dem du sonst sitzt?«

Irma schüttelte den Kopf.

»Ich mag dein Kopftuch«, sagte ich, denn ich hatte sie noch nie mit einem Kopftuch gesehen. Sie fing an zu weinen, glaubte ich, aber ich konnte es nicht genau sehen, weil sie immer noch runterguckte, und ich gab ihr das Schildkrötenbild. »Das ist deine Schildkröte.«

Sie sagte gar nichts, betrachtete nur das Bild. Dann sah sie hoch zu mir. »Das bin ich nicht, da auf deinem Bild.«

Ich merkte, wie ich rot wurde. »Ich habe dich nicht so gut hingekriegt, aber das Wichtige ist doch die Schildkröte. Das ist genau deine.«

Sie schüttelte den Kopf. »Ich bin das nicht, weil, ich hab keine Haare mehr.« Ihre Stimme klang so traurig und so leise, daß ich es kaum aushalten konnte.

Ich setzte mich neben sie. »Warum?« flüsterte ich. »Hat sie dir jemand abgeschnitten?«

»Ja«, sie nickte. »Ich hatte... ich war krank, und meine Haare mußten ab. Jetzt soll ich erst mal alleine sitzen, hat die Lehrerin meiner Mutter gesagt. Damit sich niemand was holt von mir.« Ihre Wut war verschwunden. Sie wirkte ganz klein, ohne ihre Haare.

»Die wachsen doch nach«, sagte ich, und sie nickte. Dann schwiegen wir beide und blickten auf das wütende Mädchen mit den Strubbelhaaren auf dem Schildkrötenbild.

»Sie frieren wieder.« Henning Overland läßt den Pinsel sinken.

Das ist nichts Neues. Ich friere immer, ständig. Es ist auch kein Wunder in diesem kalten, hellen Zimmer. Wenn ich nackt bin. Wenn er mich beobachtet.

»Ich weiß nicht, was Sie wollen. Ich sitze hier und habe nichts an. Deshalb ist mir kalt. Und?« Ich werde langsam wütend über Feststellungen, die mich betreffen und keinerlei Konsequenzen haben.

Henning Overland schüttelt den Kopf. Der Maler und sein Model, das ungezogene Kind. »Sie müssen Geduld lernen. Aber ich beabsichtige nicht, Sie erfrieren zu sehen.«

»Dann malen Sie mich in einem dicken Pullover.«

»Uninteressant.«

»Sie finden mich nackt interessanter?«

»Ich finde es interessanter, Sie nackt zu malen.« Er wird ungeduldig, streicht sich durch sein Haar.

»Die Farbe meiner Haut.«

»Richtig. Die Farbe Ihrer Haut.«

»Meinen Skalp.« Er sieht mich an, fragt jedoch nicht.

Als Trophäe über seiner Tür. Reingelassen werde ich nicht, aber das sage ich nicht.

Er nimmt seinen Pinsel und setzt seine Arbeit fort, während ich friere.

Wir sind die Kinder von Siedlern. Hineingeraten in ein Land, das den Vätern nicht gehört und das sie sich nehmen; ein Land, das nicht leer ist, welches sie umstülpen wie einen alten Eimer und überkommen wie Heuschrecken. Dieses Land ist ihr Land.

Die Puritaner glaubten an die Kinderverdammnis. Ein Kind kam geistig tot zur Welt und mußte erst wiedergeboren werden, um »das Heil zu erringen«, das göttliche Heil. Schlangen, junge Vipern, deren Herzen vergiftet waren und deren verderbte Natur ihnen per Katechismus eingebläut wurde. Und mit Schlägen ausgetrieben.

Ich denke an das fremde Zimmer im Kinderheim. Abends, wenn das Licht ausgemacht wurde und hier und da ein Seufzen zu hören war. Damals, im Dunkeln, glaubte auch ich an die Kinderverdammnis. Wir waren verdammt, Paul und ich.

Wir waren böse, mußten böse sein, um so ausgesetzt worden zu sein.

Ich erinnere mich noch gut an die Zeit nach Zuhause, an ein Zimmer groß wie ein Schlafsaal, in dem ich immer gefroren habe. Das Atmen in der Nacht und das unterdrückte Sehnen.

Frank wäre womöglich dankbar gewesen für einen Schlafsaal in einer Kaserne. Richtig genommen hatten sie ihn nicht, wegen des einen Auges, aber er war bei einer Firma, die für die Bundeswehr arbeitete. Er gehörte nicht dazu. Er schrieb, daß er mir Geld schicken wolle und Paul auch, daß er sich um mich und Paul kümmern werde. Daß er uns holen werde, davon stand nichts in seinen Briefen, und ich antwortete ihm nicht. Frank war noch nie gekommen, um mich zu befreien.

Paul schrieb auch ein paar Mal. Er war untergebracht in einem Raum mit acht Betten, in dem die Schnürsenkel aus den Schuhen verschwanden, wenn er sie abends unter sein Bett schob. Er trank Cola, um wach zu bleiben, hielt die Augen offen und lag unter seiner Decke. Starrte in die Dunkelheit und wartete. Als er ein Geräusch vor seinem Bett hörte, brach er dem Jungen mit seinen Schuhen in der Hand die Nase. Ohne das Licht anzumachen. Ohne Warnung.

Ich kann mir gut vorstellen, wie sie nachts zu ihm rüberschlichen, um zu sehen, ob er schlief. Um es ihm heimzuzahlen. Und in seine offenen Augen blickten. Paul war sicher. In der Welt der Schlafsäle war er sicher.

Ich erschauere und beobachte Henning Overland, wie er seine Farben mischt, während die Haare auf meinen Armen sich aus lauter kleinen Hauthügelchen erheben, die er nicht mitmalt. Ich denke daran, wie ich allein war im Schlafsaal, wie ich mein Gesicht auf meine Hände gelegt habe und auf meine Arme atmete, deren Haare sich sträubten.

Wir waren Kinder von Heuschrecken, die besser in die Toilette gespült worden wären, und wir wurden verlassen, weil wir böse waren.

Ich muß herausfinden, wie die Siedler, die Väter, wie mich Henning Overland nach seinem Bild formt. Welche Tricks er anwendet und welche Strafen. Den Akt der Besiedelung.

Es macht mich wahnsinnig, wie er mich ignoriert. Wie er mich malt, nackt, mit gespreizten Beinen, und mich doch nicht sieht. Die Beschaffenheit meiner Haut, das Mischungsverhältnis meiner Augen.

Wir malen das Meer, und ich verstehe nicht, warum Henning Overland uns nicht malen läßt, was wir besitzen. Wir besitzen die Kälte, ist das nichts?

»Vielleicht hätten Sie Fotografin werden sollen«, erwidert er.

Hinter seinem Rücken strecke ich ihm die Zunge heraus und male, was er sehen will, keinen Strand, nur Wellen und Himmel, Blau in Blau.

Ein Gewitter. Die Wolken und die See bewegen sich so schnell, daß ich kaum den Pinsel halten kann. Ich konzentriere mich auf ein paar Formen, isoliere sie mit raschen Strichen und banne sie mit einigen Skizzen. Das Meer reflektiert normalerweise den Himmelston, und so beginne ich mit dem Horizont in dunklen Farben. Für die helleren Himmelspartien mische ich Weiß bei. Mit schnellen, diagonalen Pinselstrichen betone ich die Bewegung der sturmgepeitschten Wolken, bis Overland mir die Hand auf die Schulter legt.

»Sie sollen den Sturm malen, nicht im Sturm stehen.«

Ich beachte ihn nicht weiter. Im Rauschen des Windes geht jedes Wort unter.

Licht- und Schattenpartien ziehen über die Dunkelheit hinweg, Wolken, vielleicht auch der Schatten eines Geisterschiffes oder einer verlorenen Seele. Eine große Welle erhebt sich in lebhaften, horizontalen und diagonalen Strichen gegen den Himmel, Felsen sind zu sehen, auf denen die Schiffe auflaufen.

Ich spachtele die Felsen mit einer Mischung aus Heliogenblau und ausreichend Siena, um einen warmen Ton zu erzielen, der die Seefahrer täuscht.

Schaumkronen mit Haarpinseln, helle Rinnsale aus fast reinem Weiß, angetönt mit einer Spur Ocker. Dicke, pastöse Mischung an dem Punkt, an dem die Welle an den Felsen stürzt und sich bricht. Die glänzende Felsoberfläche verbirgt sich unter einer blauen Wassermischung.

Mit dem Malmesser arbeite ich den Schaum heraus, gebe den hellen Wolkenrändern mehr Raum und deute einige sturmgepeitschte Wolkenfetzen an. Blaue und weiße Farben genügen mir nicht, ich belebe das Meer mit

Spuren anderer Farben: Siena gebrannt, einem Hauch Grün, einer Winzigkeit Alizarin-Krapplack. Lichter Ocker naß in naß auf dem blauen Wellenton.

Henning Overlands Beurteilung ist vernichtend.

»Warum? Was habe ich falsch gemacht?«

»Das Meer ist in Ordnung. Die Farben sind gut. Aber der Himmel...«

»Was ist mit dem Himmel?«

»Sie malen den Himmel von unten herauf. Es wirkt, als ob Sie unter Wasser sind, die Augen aufgerissen, und durch die Wellen den Himmel betrachten. Es wirkt so, als wenn Sie ertrinken.«

Ich betrachte mein Bild. »Na und?« In Blau ertrinkt man eben.

»Eine simple Wasserlandschaft sollte es sein. Sie haben eine Wasserlandschaft durch die Augen einer Wasserleiche gemalt.«

Wer tot ist, kann keinen Himmel mehr sehen. Und es gibt weiß Gott genug Leben im Meer, das sich den Himmel durch die Wellen anschauen kann, sooft es ihm paßt.

Das, was keinen Namen hat. Das, was in einer dunklen Muschel geboren wird.

Ich sage ihm das nicht, aber in meinem Zimmer hänge ich mir den überschwemmten Himmel an die Decke über meinem Bett.

Ich durfte nur mitmachen, wenn sie Indianer brauchten. Oder Soldaten, die stundenlang im Kreis laufen und Befehle ausführen mußten. »Kanonenfutter«, nannte Paul das, und Frank lachte. Normalerweise lachte Frank nie, wenn Paul etwas sagte. Nur wenn ich das Kanonenfutter war.

Soldaten war Franks Lieblingsspiel. Soldaten im ersten Weltkrieg, Soldaten im Kampf gegen Indianer, Soldaten in Rußland, Soldaten auf See, die dann Matrosen hießen. Soldaten in Rußland war besonders blöd: Ich mußte mich in eine Ecke des Gartens hocken und frieren, während Frank und Paul sich beschossen. Ich war gefangen und bekam Wassersuppe mit Brennesseln zu essen, die Paul mir zubereitete. »Da, iß, wenn du noch einmal deine Heimat wiedersehen willst«, aber ich war mir gar nicht so sicher, ob ich die noch mal sehen wollte, vor allem, wenn ich das dafür vorher essen mußte.

Frank und Paul spielten nur zusammen, wenn sie aufeinander schießen konnten. Manchmal durfte Paul mich befreien. Dann pirschte er sich stundenlang an und wurde doch von Frank erwischt. Meist prügelten sie sich, weil sie nicht tot sein wollten, und das war dann kein Spiel mehr.

Frank kam nie, um mich zu befreien. Wenn Paul mich gefangen hatte, konnte ich verschimmeln.

Aufstellen, losgehen mit zackigen Bewegungen und die Knie ganz hoch, stehenbleiben, rechts herum, stehenbleiben, wieder losgehen. Frank war der General und Paul auf der Pirsch. Ich mußte durch den ganzen Garten marschieren, um ausgebildet zu werden. Damit ich Paul auch mal erschießen durfte. »Bevor du ein Gewehr in die Hand kriegst, mußt du erst mal marschieren lernen«, hatte Frank erklärt. Aber meist sollte ich nur die Kaserne bewachen, während Paul sich ein Zelt in den Büschen baute; ich konnte ihn von meinem Wachplatz aus sehen. Überlaufen hatte keinen Sinn, weil Paul mich nicht auf seiner Seite haben wollte. Wenn ich mitspielen durfte, dann nur als Franks Kanonenfutter.

Hinten im Garten ertönten laute Schreie, eine wilde Schlägerei war im Gange, und ich wußte nicht, ob ich meinen Posten verlassen sollte oder nicht. Dann kam Frank zur Verandatreppe, die mein Ausguck war, und hielt sich seinen Arm.

Ich stand stramm und salutierte, aber Frank sagte nur, ich solle aufhören mit dem Quatsch, und ging ins Haus. Ich setzte mich auf die Treppe und wartete.

»Der immer mit seinen blöden Soldaten.« Paul sah dreckig aus, hatte die Hände in den Taschen vergraben und zog die Nase hoch.

»Hast du ihm weh getan?« Ich wußte schon, das würde wieder gewaltigen Ärger geben.

»Hab ihm nur aufgelauert. War immerhin Krieg, aber er ist ja so eine Memme.« Seine Stimme klang besorgt. Heute war ein Fußballspiel im Fernsehen, und wenn er Frank weh getan hatte, durfte er es bestimmt nicht sehen. Wir wußten immer, was für eine Strafe auf uns wartete, wenn wir was Schlimmes getan hatten, und meist taten wir es doch. Es rutschte uns so raus, Paul und mir.

»Paul!« Die Stimme meiner Mutter, und es war aus mit dem Fußballspiel. So wie sie klang, würde mit Fernsehen für die nächsten Wochen nichts werden.

»Mist«, sagte Paul und trat gegen die unterste Stufe. »Er ist aber auch eine solche Memme.«

»Und 'ne Petze«, ergänzte ich.

Paul nickte unglücklich.

»Ein Verräter«, fügte ich ermutigt durch meinen Erfolg hinzu. »Die werden erschossen bei den Soldaten.«

»Paul!« Wieder die schrille Stimme meiner Mutter.

Paul kniff die Augen zusammen. Jetzt sah er nicht mehr

unglücklich aus, eher wütend. »Was weißt du schon«, sagte er und kniff mich in den Arm, als er an mir vorbei ins Haus ging.

Ich wußte gar nichts und durfte nicht einmal ein Gewehr haben. Aber als ich da so auf der Treppe saß und das Geschrei von drinnen hörte, wurde mir klar, daß Paul auch kein guter Soldat war. Ein guter Soldat mußte marschieren können. Wenn man nur auf der Lauer liegen und sich anpirschen konnte, war man nichts anderes als ein dummer Indianer.

Blaß sieht sie aus hinter ihrer Leinwand, blaß wie ein Fisch. Ihre wässerigen Augen taxieren den nackten Körper vor sich. Sie holt aus, malt ein paar kränkelnde, schüchterne Striche, bricht ab, beobachtet wieder.

Ich kann Nissa nicht leiden. Durchsichtig wie eine Ballerina tänzelt sie um ihre Staffelei herum, die Füße in selbstgestrickten Strümpfen, die ihr bis über die Wade hinaufreichen. Das zu weiche Haar klebt ihr am Kopf. Sie sieht unsicher zu mir herüber, und ich senke den Blick.

Ich habe den Studenten ohne Namen gefragt, ob Overland auch Nissa gemalt hat.

»Ja sicher, ein- oder zweimal.«

»Nackt?«

Er zwinkerte mir zu. »Eifersüchtig?«

»Sehr witzig.« Ich zeige ihm einen Vogel. Ein Wunder, daß Overland mit seiner Liebe zu Farben Nissa überhaupt mischen konnte.

Gerade, als ich das denke, schaut sie zu mir herüber und lächelt mir schüchtern zu. Jetzt tut sie mir doch ein bißchen leid, und ich bitte sie um Hilfe bei meinem Bild.

Sie trippelt zu mir herüber, und schon bereue ich, sie angesprochen zu haben.

»Oh, sehr schön«, flüstert sie, als sie einen Blick darauf wirft. Als wenn sie das beurteilen könnte.

Obwohl Henning Overland viel von ihr hält: »Sie malt, wie sie lebt: fast spurloser Hauch. Weibliche Auflösung. Sehr faszinierend.« Die Käufer ihrer Bilder müßten Wandstrahler auf sie richten, damit sie sie an ihren Wänden wiederfinden, witzelt er im gleichen Atemzug. Doch sie hat schon einige ihrer Bilder verkauft. Das ist auch etwas, was Overland schätzt: Erfolg.

»Ich finde, der Nacken ist sehr gut geworden. Der Kopf ist etwas höher, hier, siehst du? Etwas voller.«

»Ja, in Ordnung.« Fast unwillkürlich senke auch ich meine Stimme. »Danke«, füge ich laut hinzu. Ich habe noch nicht eins meiner Bilder verkaufen können. Nissa hat schon fast so etwas wie einen Ruf. Sie hustet.

»Hast du dich erkältet?« frage ich kalt.

»Nein«, antwortet sie und klopft auf ihre Brust, »chronische Bronchitis.« Sie spricht nasal, weil ihre Stirnhöhlen verstopft sind. Auch chronisch. Wahrscheinlich hat sie in ihrem ganzen Leben noch nie ausreichend Luft bekommen. Zumindest kann sie kaum beides zusammen: atmen und sprechen. Ihre nasalen, kleinen Sätze sind kurz und abgehackt, und sie flüstert, um nicht zuviel Luft zu vergeuden. Ich kann Menschen, die leise sprechen, nicht leiden.

»Danke noch mal.« Ich nehme energisch meinen Pinsel. Sie lächelt entschuldigend und geht zurück an ihren Platz. Ich höre, wie sie sich geräuschvoll die Nase putzt. Stirnhöhlen voller zähem Schleim, den sie ab und zu herausbläst. »Das geht auf den Rücken«, hat sie mir mit wunder Nase erzählt, »und es hilft nicht. Aber die Operationen helfen auch nicht.« Ihre wässerigen Augen über verschleimten Höhlen haben mich angeblickt, und ich habe mich geekelt. Ich frage mich, warum ich kein Mitleid haben kann. Mitleid wäre eine Erleichterung. Die einzige Möglichkeit, die Geräusche, die sie macht, zu ertragen.

Ich verbessere den Nacken, hebe den Kopf an, mache ihn runder. Nissa hatte recht. Ich kann wieder hören, wie sie in ein Taschentuch schnaubt. Ich korrigiere wütend die Form des Kopfes und wünsche mir, daß sie erstickt.

Endlich sah ich ihn. Sah ihn, wie er sich drehte, stolzierte. Sein Gesicht war verzerrt. Ich hatte mich endlos angeschlichen, meine Knie taten weh vom vielen Herumkriechen, ein Splitter steckte in meinem Handballen, er war winzig, rot drum herum, er würde wohl rauseitern. Ich war weitergekrochen, Indianer kennen keinen Schmerz, und hatte die Tür zum Schlafzimmer meiner Mutter einen unmerklichen Spalt weit aufgestoßen. Mein Herz klopfte, obwohl, er war nicht so brutal wie Paul. Paul hätte mir mindestens den Arm gebrochen, wenn er mich so erwischt hätte.

Frank stand vor dem Spiegel, drehte sich, redete mit sich selbst. Seine Lippen waren geschminkt, ebenso sein Auge. Mit Augenklappe über dem anderen sah er ein wenig aus wie ein bunter Pirat.

Dabei wollte er nie Pirat sein. Frank war Soldat.

Zwei rote Striche auf seinen Wangen sahen aus wie Kriegsbemalung, obwohl, Indianer wollte er auch nie sein.

Er stand in den Schuhen meiner Mutter, und ich betete zu irgendwem, Gott vielleicht, daß Paul ihn nicht erwischen möge. An meine Eltern dachte ich nicht, nur an Paul. Das würde ihn mehr kosten als noch ein Auge.

Über seiner Jeans und dem Pullover trug Frank einen Morgenmantel mit Rüschen. Nicht, daß ich ihn jemals verstanden hätte. Aber Rüschen? Er konnte gerne drin bleiben und sein Haar trocknen lassen, wenn er wollte. Ich mußte das ständig.

Für einen kurzen Augenblick fühlte ich mich ihm ganz nahe, mit seinem bemalten Auge und seinen Rüschen. »Du hast doch alles«, hätte ich sagen können. »Du darfst raus in den Regen, du kannst sagen, was du willst. Du bist doch Soldat, Frank.«

Aber wir hatten uns nie sehr gemocht, und so blieb ich an der Tür hocken und wartete und schämte mich. Warum sollte ich mich schämen? Ich zog nicht heimlich den Morgenmantel meiner Mutter an und betrachtete mich damit im Spiegel. Und wenn, wären sie nicht böse. Nicht so böse wie mit ihm.

Plötzlich hielt Frank inne, sah im Spiegel zur Tür und ließ die Arme sinken. Er rührte sich nicht, und ich konnte meine Macht fühlen, die mich niederdrückte.

Ich konnte ihn vernichten.

Ich mochte ihn nicht sonderlich, aber ich wollte ihn auch nicht vernichten. Ich stand langsam auf und klopfte meine Knie ab, die Schrammen hatten. Ich öffnete die Tür ganz und spazierte ins Zimmer, und all das passierte, ohne daß Frank sich einen Millimeter bewegt hätte. Kurz wollte ich mich an ihn schmiegen, aber nur einen kleinen Augenblick, denn ich war es, die stark war.

»Ich male immer auf Papier«, sagte ich und deutete auf sein Auge.

Frank nickte nur ganz leicht und wischte sich über den Mund. Das Rot verschmierte. Er sah aus, als hätte er Blut getrunken.

»Wenn ich dich bemale, würdest du besser aussehen«, ergänzte ich. Ein höhnisches Lächeln zog über sein Gesicht. »Sicher«, sagte er. Ich war froh, daß er wieder ein wenig gemein sein konnte.

»Ich male auf Papier, du nicht. Aber egal: Hauptsache, wir tun irgendwas.« Es war ein Geheimnis, wollte ich ihm sagen. Wenn wir auch weiter nichts teilten, so würde ich ihn dennoch nicht verraten.

Er blickte in den Spiegel, und einen schrecklichen Augenblick lang befürchtete ich, er würde dazu noch etwas sagen. Denn ich konnte mich nicht auch noch um ihn kümmern. Frank mußte sich festbeißen, und dazu mußte er ein bißchen böse sein. Wenn er zu nett war, wäre er verloren, soviel stand fest.

»Geh und klecks deine Bildchen voll, Kath«, sagte er schließlich. Normalerweise sagte er Katharina. »Nun hau schon ab, du Nervensäge«, fügte er barsch hinzu.

Ich streckte ihm erleichtert die Zunge heraus und verschwand durch die Tür.

»Und hör gefälligst auf, mir nachzuspionieren«, rief er hinter mir her. Das würde ich sicher nie wieder tun. Nie wieder.

Auf dem Boden liegt ein Mann. Klauenhände recken sich schützend über seine Hörner, eine letzte Abwehr, ein Flehen. Sein Gesicht ist in Qual verzerrt, die Augen schon der Erde zugewandt, die Stirn in Falten. Der Mund geöffnet wie zu einem Stöhnen. Er ist nackt bis auf den Pfeil, der von hinten seine Brust durchbohrt. Behaart sein Gesicht, seine Schultern. Ein krusseliger, spärlicher Schwanz. Hinter ihm, in einem Boot, drei nackte Frauen.

Der Minotaurus ist blau, das Meer ist blau, das Boot mit den drei Frauen vor blauem Himmel ist blau. Nur der Boden, auf dem der Tiermensch stirbt, ist braun.

»Ich glaube, er weint.« Ich gehe näher an das Bild heran. »Meinst du nicht auch?«

Genna kneift die Augen zusammen. »Weiß nicht.« Sie blättert in ihrem Katalog. »›Die Tötung des Minotaurus durch Theseus ist eines der beliebtesten Motive der Antike. Bei Watts, Rodin, Picasso oder Ernst wird die Sage zum Symbol der unerlösten Triebnatur des Menschen‹«, zitiert sie. Dann blickt sie wieder zum Bild. »Die drei Gestalten sehen mir nicht nach Theseus aus.«

»Nein. Gib mal her.« Ich suche im Katalog nach einer Erklärung, überfliege die Zeilen zu Overlands Bild. »Vielleicht sind es Engel.«

»Engel?« Genna betrachtet mich stirnrunzelnd. »In einem Boot?«

»Ich finde, sie schweben. Aber sie scheinen mir auch irgendwie unwichtig zu sein. Bedeutend ist doch er, sein Leiden, oder? Die Mißgeburt, die keiner gewollt hat, geht blau zugrunde. Und leidet entsetzlich.«

Genna nimmt mir den Katalog wieder aus der Hand. »Mußt du immer so dramatisch werden.« Sie schüttelt den Kopf. »Engel.« Sie geht weiter zum nächsten Bild. »Aber eins muß man deinem Henning lassen: Malen kann er.«

»Er ist nicht ›mein Henning‹.«

»Stimmt«, sagt Genna und deutet auf ein Aktbild einer mir völlig unbekannten Frau, das neben einem Bild von mir hängt, »das solltest du immer vor Augen haben.«

»Er malt alle seine Studentinnen«, erwidere ich ärgerlich und deute auf das Schlangengemälde vor mir. »Zurück zu den Sagen. Was sagt der Katalog?«

Genna beginnt wieder zu lesen. »Das hier ist interessant«, sagt sie. »Hör mal was dein... was Henning Overland uns zu sagen hat: ›Mein Erfolg als junger Maler war mein Schutzwall.‹«

»›Das beste Versteck ist früher Ruhm‹. Das sagte schon Nietzsche«, ergänze ich.

»Und vor was muß man sich schützen oder verstekken?«

»Vor was?« Ich betrachte sie erstaunt. »Na, vor allem... vor Menschen.«

»Warum?«

Das ist auch so eine Eigenart von Genna: Immer nach dem Warum zu fragen. »Warum?« wiederhole ich und sehe aufgerissene Augen in Schlafsälen und einen bunten Piraten, der sich vorm Spiegel dreht. »Es gibt keinen Grund. Aber es ist wichtig«, sage ich und höre die Stimme von Onkel Daniel. Du mußt dich verstecken, Kath. Menschen, die schreiben,haben immer ein Versteck. Hat er das wirklich einmal zu mir gesagt? Wie auch immer: »Es ist wichtig«, wiederhole ich mit Nachdruck.

Irma war weg. Sie waren weggefahren, fast die gesamte Siedlung.

Sie bekämen eine richtige Wohnung und es gebe Arbeit, hatte Irma gesagt.

Das ist doch schön, habe ich geantwortet und nicht verstanden, warum sie so traurig war. Sonst wollte sie immer, daß ihre Mutter Arbeit bekam.

Weil, wir fahren heute weg, sagte sie. Ich habe sie gefragt, wann sie wiederkäme, und sie hat nicht geantwortet. Und ich habe sie angeschrien und bin weggegangen und habe nicht mehr mit ihr gesprochen.

Am Nachmittag verstecke ich mich im Gebüsch bei den Baracken und sehe zu, wie sie packen. Alle sind sehr aufgeregt: Die Frauen schreien nach ihren Kindern und nehmen Wäsche von der Leine, die Männer scherzen und lachen. Niemand hat mehr Zeit, auf dem Stuhl vor seiner Hütte zu sitzen und Zigaretten zu rauchen. Hunde rennen schwanzwedelnd über den Platz, Kleinkinder schreien, und über allem liegt die fröhliche, irgendwie erleichterte Stimmung des Aufbruchs.

Irma kann ich nirgends entdecken.

Ihr kleiner, schmutziger Bruder kommt einmal über den Platz, den Arm voller Zeitungen, die er in eine Mülltonne stopft, aber Irma ist nicht bei ihm.

Ich will nicht mit ihr reden, aber ich will sie noch einmal sehen. Mir merken, wie sie aussieht.

Eigentlich kann ich mir gut merken, wie jemand aussieht. Sofort ist ein Bild in meinem Kopf und geht nicht mehr weg. Namen oder Zahlen kann ich gar nicht behalten. Ich will Irma noch einmal sehen und ihr Bild mit ihrem Namen in meinem Kopf behalten. Ich kann aber nicht einfach zu ihrer Hütte gehen, weil ich dann mit ihr sprechen muß.

Ich sitze ewig lange in dem Gebüsch, während Hunde, Frauen und Mücken um mich herumschwirren, und alles wird wie zu einem heißen, staubigen Brei. Meine Arme schmerzen von den Mückenstichen, und meine Augen brennen. Mein Kleid klebt mir am Körper und ist so staubig und dreckig wie mein Haar. Die Stimmen, das Gebell der Hunde und Babygeschrei dröhnen in meinen Ohren, und alles ist braun und gelb in meinen schmerzenden Augen. Das Bild von Irma in meinem Kopf überzieht sich mit Dreck, als wenn sie in Schlamm gefallen wäre, der an ihrem Körper trocknet und sie unter einer rissigen Kruste verbirgt. Nur ihre Augen sind strahlend weiß und die alten Irma-Augen. Ich muß ein bißchen weinen, als sie mich so ansieht unter ihrer Schlammkruste.

Es wird immer später und heißer, die Geräusche immer einheitlicher. Ich muß wohl ein bißchen geschlafen haben unter dem Busch, denn als ich den Kopf hebe, ist der Platz schon halb leer und die Hütten verlassen; nur ein Bus wartet noch mit laufendem Motor.

Ich stehe auf und renne auf den Platz, weil es mir jetzt egal ist, ob Irma mich sieht oder mit mir spricht, weil ich ihr noch sagen will, daß es mir leid tut, daß ich sie so angeschrien habe in der Schule und daß ich so wütend war.

Ich laufe auf den Platz und springe an dem Bus hoch, schaue in jedes Fenster, doch Irma ist weg. Es ist so heiß, und Tränen und Schweiß brennen wie verrückt in meinen Augen, aber ich muß doch sehen, wo sie ist. Ich muß mich doch noch entschuldigen.

Als ich auf die Straße laufe, kann ich noch einen Bus sehen. Irma muß darin sein. Ich schreie »Irma, Irma!« und laufe hinter ihm her und muß husten von all dem Staub, den er aufwirbelt. Er ist natürlich zu weit weg, aber ich kann nicht aufhören, »Irma« zu rufen.

Schließlich setze ich mich unter einen Baum, weil ich keine Luft mehr bekomme. Ich kann auch nicht mehr weinen, weil die Tränen meine Augen schon ganz zerfressen haben. Meine Nase läuft, und ich habe kein Taschentuch.

Ich sitze unter dem Baum und denke daran, wie Irma mir ihre Schildkröte zeigen wollte. »Es gibt aber nichts zu essen«, hat sie gesagt und war dabei so wütend gewesen. Ich denke darüber nach, wie traurig sie war, als ihre Haare abgeschnitten werden mußten und alle Kinder sie deswegen verspotteten. Dann habe ich meine Haare auch abgeschnitten und durfte hinten neben Irma sitzen.

Ich habe niemanden verhauen, so wie Irma, wenn sie sich lustig machten über uns. Ich war ganz stolz darauf, und Irma hat gelacht. »Wie kann man auf so was nur stolz sein«, sagte sie, und ich war glücklich, daß sie wieder lachen konnte.

Die Busse sind verschwunden, und ich fühle mich ein wenig getröstet. »Blödes Aussiedlerkind«, habe ich sie angeschrien, als sie mir gesagt hat, daß sie wegfahren und nicht mehr wiederkommen würde. Denn Schweigen hieß, daß sie nicht mehr wiederkommt.

Ich verstehe jetzt Irmas Wut. Wut ist immer da, wenn man nichts anderes mehr hat. Und das ist immer noch besser, als gar nichts mehr zu haben und ganz klein zu sein, wie kahlgeschoren.

Ich denke, Irma weiß das. Und sie weiß, warum ich so wütend war und sie angeschrien habe. Und wenn sie in ihrem neuen Zuhause sitzt und an mich denkt, dann ist sie bestimmt ganz beruhigt, daß ich wütend auf sie sein konnte. Denn dahinter ist nichts mehr.

Henning Overland läßt uns Akte versuchen an bezahlten Studenten, die vor uns kauern und römische Posen imitieren. Ich brauche länger für einen Menschen als für all das Obst und die Blumen zusammengenommen. Weil ich dabei wieder auf Linien achte.

»Wenigstens mit Menschen haben Sie Geduld«, sagt Overland, »oder ist es deren Nacktheit?«

Ich denke an Frank vor dem Spiegel, an ein betrunkenes Kind, das Paul war, an ein Mädchen im endlos wachen Schlafsaal. Das war Nacktheit.

»Nein«, antworte ich.

Ich zeichne griechische Posen, entblößte Haut und gebeugte Knie, als wenn es irgendwas Wichtiges aufzuschreiben gäbe.

Nachmittags ziehe ich mich selbst aus und lasse mich malen. Mein Körper ist aufgelöst in tausend Farben, Schatten und Licht, ein Spiel im Meer von Öl und Terpentin.

Ich warte auf Häute zwischen meinen Fingern und staune, wie schwer das Öl über mir auf dem Wasser hängt.

Er sieht mich nicht. Zwischen all seinen Farben sieht er mich immer noch nicht. Ich sitze vor ihm auf einem Hocker, mit gespreizten Beinen, stundenlang. Er murmelt seine Farbmischungen in Prozenten; seine Augen blicken auf mein Fleisch, meine Brüste, meine Scham.

Am Anfang habe ich noch an Sex gedacht, an das Besondere, das ich war, die besondere Mischung von Fleischfarben. Jetzt fühle ich mich wirklich nackt. Das Gefühl von Blöße steigert sich noch. So nackt zu sein, daß man ausufert.

Immer öfter denke ich an Paul, der jeden schlug, der ihn nicht beachtete. Und ich weiß, ich muß etwas unternehmen. Um hierbleiben zu können und weil ich das Verschwimmen nicht mehr ertragen kann.

Ich bin zu früh und muß noch warten. Das Bild von mir, an dem er arbeitet, hat er abgehängt. Er mag es nicht, wenn jemand ein Bild sieht, das noch nicht fertig ist. Eigentlich mag er auch nicht, wenn jemand ein Bild von ihm sieht, das fertig ist. Außer auf seinen Ausstellungen: Er liebt das Geld, das er damit verdient.

»Ich bin wohl etwas zu spät.« Henning Overland hängt seinen Mantel auf und lächelt mir entschuldigend zu.

Er ist auf seine Art ein gutaussehender Mann. Blaue Augen unter buschigen Augenbrauen, markante Nase, ausgeprägtes Kinn. Zwanzig Jahre älter als ich. Der Mund schmal und ohne eine Spur von Fleisch, dabei jedoch nicht verkniffen. Die Haut unrasiert und fleckig. Läßt ihn zusammen mit dem ungebändigten Haar eine Spur verwahrlost aussehen.

Er trägt schwarz, manchmal ein schreiend geschmackloses Jackett dazu, als ob er sich über diese Farbe gleichzeitig lustig machen wollte. Ohne seinen grauen Trenchcoat allerdings sieht man ihn nie. Für jemanden, der angeblich nie in den Spiegel schaut, ist er berechnend unordentlich. »Schon gut, ich habe nicht lange gewartet.«

Das Lächeln auf seinem Gesicht verschwindet fast augenblicklich und weicht der stirnrunzelnden Konzentration, mit der er sich seinen Farben zuwendet. Er sortiert, prüft seine Pinsel, hängt sein Bild ab, während ich ihn beobachte.

Als er hochblickt, ist er verblüfft. »Wollen Sie sich nicht fertig machen?«

Fertig machen. Ausziehen tun sich nur Menschen. Ich nicke. »Sicher.«

Ich lege meine Tasche ab, meinen Mantel, schlüpfe aus meinen Schuhen. Mit Bedauern knöpfe ich mir die wärmende Bluse auf, ziehe mir das Unterhemd über den Kopf und öffne meinen BH. Der Reißverschluß vom Rock, die Strumpfhose, zum Schluß die Unterhose. Ich besteige mein Podest, setze mich auf den Hocker, spreize die Beine und verschränke die Arme vor der Brust.

Henning Overlands Augen tauchen über der Leinwand auf, verengen sich, während sich seine Stirn kräuselt.

Ich sage nichts, und er taucht wieder unter, scheint zu überlegen. Ich warte.

Zögernd greift seine Hand nach dem Rot; er nimmt sich einen Pinsel. Ich höre ein leichtes Scharren; seine Haarbüschel über der Leinwand sind ruhig. Dann höre ich seine Stimme.

»Ich hasse Rot«, sagt er.

Er kommt hinter seinem Versteck hervor. Ich bin neugierig darauf, was er tut.

Ein paar langsame Schritte zu mir, ohne anzuhalten. Er sieht auf mich herab. Langsam kniet er vor mir nieder, drückt meine Schenkel leicht auseinander und vergräbt dann seinen Mund zwischen meinen Beinen.

Überrascht stöhne ich auf, falle fast von meinem schmalem Hocker, fange mich wieder. Er beginnt mich zu küssen, spielt mit seiner Zunge in mir, saugt, während ich versuche, die Balance zu halten.

»Henning...« Ich weiß nicht, was ich sagen soll. Überlasse mich meiner Lust, kurz den Heuschrecken, will etwas sagen, nicht vom Hocker fallen und halte mich nur fest. Halte mich fest, während ich mich stöhnen höre und davor erschrecke.

Dann taucht er zwischen meinen Beinen auf, sein Mund rot wie die Farbe, mit der ich meine Scham bemalt habe. Ich weiß nicht, was ich sagen soll, ob ich überhaupt etwas sagen soll, weiß nur, er hat es mir heimgezahlt. Gleichzeitig spüre ich etwas wie Glück. Er hat mich schließlich bemerkt.

Er schaut mich an, den Mund rot verschmiert. Ich habe Fingerfarbe genommen, die leicht wieder abgeht. So masochistisch, mir Ölfarbe auf meine Schleimhäute zu schmieren, bin ich nun auch wieder nicht. Einen kurzen Augenblick erinnert mich sein Mund an Frank, Frank inmitten von Heuschrecken, dann ist das Bild verflogen, und ich sehe nur Hennings Augen.

Behutsam zieht er mich von dem Hocker, immer noch ohne ein Wort zu sagen, und legt mich auf den Boden. Ich zittere, doch zum ersten Mal seit langer Zeit ist mir nicht kalt. Warm ist es auch nicht, eher hart. Erregend hart.

Über mir kniend zieht er an seinem Hemd, knöpft die Hose auf, ohne seinen Blick von mir zu lassen. Jetzt sieht er mich an. Dann dringt er in mich ein.

Ich male das Portrait einer durchsichtig erscheinenden Frau mit langem Haar, das ihren Kopf wie ein Kissen umfließt. Die Augen der Frau sind geschlossen, weiß wie Schnee und von feinen roten Linien durchzogen.

Keine Wimpern und keine Augenbrauen. In einem der Augenwinkel sitzt eine Muschel. Die linke Gesichtshälfte ist von Wasser bedeckt, ebenso der Hals und das Dekolleté. Im Ausschnitt des Kleides sammeln sich Muscheln und Tang.

Den Mund der Frau zeichne ich deutlicher, wenngleich die Konturen sich verfasern. Die Nase wird von überfließendem Wasser verzerrt.

Ich lasse ihre linke Gesichtshälfte verschwimmen und zeichne die rechte Kopfseite sehr detailliert, vor allem die Reste des rechten Ohres werden sehr deutlich. Das Haar ist verflochten mit Algen und Seetang, das steht ihr. Der rechte Arm liegt angewinkelt hinter dem Kopf; eine Art Seeschlange schlingt sich wie ein lebendiges Seil um ihr Handgelenk.

Das ist der Grund: Das ist es, was sie in die Tiefe zieht. Das und die Schönheit hier unten. Das ist nicht der klassische Frauentod, die blasse Ophelia und ihr Liebeswerben mit den Fischen.

Sie kann die Augen aufmachen, wenn sie will, sie kann unter Wasser atmen, und endlich kann sie auch aufhören zu frieren.

Heute die erste Ausstellung meiner Bilder. Seiner Bilder von mir.

Gestern wollte er wissen, ob ich die Wasserlandschaft signiert habe.

»Ja, warum?« habe ich gefragt.

»Nur so. Wir hätten sie dazuhängen können. Vielleicht hätte sich ein Käufer gefunden, und du hättest ein bißchen Geld verdient.«

Ich fühlte mich geschmeichelt. Allerdings: unter seinem Namen? In seiner Ausstellung unter seinem Namen?

»Natürlich könntest du versuchen, deine Bilder unter deinem eigenen Namen zu verkaufen. Aber dich kennt niemand. Mit meiner Signatur bringen sie gut das Drei- bis Vierfache.«

Ich weiß nicht. Ich meine, das sind meine Bilder, oder etwa nicht? Und er hat sie nicht mal gemocht, meine Wasserlandschaft.

»Katharina«, er sprach wieder in seinem Ich-rede-mit-einem-Kind-und-muß-Geduld-haben-Tonfall mit mir, »ich rede nicht von einer Arbeit, die deiner künstlerischen Reputation dienen könnte, sondern von einem mäßigen Bild, das jedoch Käufer anspricht und Geld bringen kann. Ich versuche keineswegs, mich mit deinen Federn zu schmücken.«

Das Letzte klang sehr spöttisch, und mir war das peinlich. Natürlich nicht. Natürlich hat er es nicht nötig, mein Bild in seiner Ausstellung zu haben. Er ist mein Lehrer, mein Geliebter. Er will mir einen Gefallen tun. Und Geld kann ich immer gebrauchen.

»Ich könnte meinen Namen übermalen«, sagte ich ihm.

Henning zuckte mit den Schultern. »Wie gesagt: nur, wenn du das Geld brauchst. Ich riskiere damit eine ganze Menge.«

Ich war erleichtert. Nein, natürlich würde ich es keiner Menschenseele sagen. Ich hatte das Bild bisher auch niemandem gezeigt, nein, auch niemandem im Kurs.

Mein Sturm hängt neben einer monströsen Figur, einem weiteren Minotaurus und einer Art Seeschlange. Hennings Sagenzyklus. Er sieht gut aus und trägt einen roten Punkt für »verkauft«.

Ich versuche, nicht in die rechte untere Ecke des Bildes zu sehen. Jeden Augenblick fühle ich eine Hand auf meiner Schulter. Sie sind verhaftet. Kunstfälschung, Betrug, Anmaßung. Ich schüttele die Hand ab. Nein, niemand sieht den Stilbruch.

»Dies hier gefällt mir besonders gut.«

Eine Stimme neben mir, und ich schäme mich. Antworte nicht. Ich versuche, ein bißchen stolz zu sein, aber es mißlingt. Ohne seinen Namen hätten sie ihm nie Beachtung geschenkt. Wäre es nie ausgestellt worden. Hätte niemand auch nur einen Blick darauf geworfen. Kein Grund, stolz darauf zu sein.

Im Nebenraum, abgetrennt nur durch eine Stellwand, hängen seine Bilder von mir. Aktbilder mit meinem Körper darauf, einmal obszön deutlich, ein anderes Mal zurückhaltend keusch. Ich bin erkennbar, meine Gesichtszüge, mein Haar. Ein paar Leute sprechen mich an: »Oh, Sie sind eines von Herrn Overlands Modellen.«

»Ist es dir peinlich?« Henning steht neben mir, gut gelaunt, mit einem Sektglas in der Hand.

»Ja.«

»Muß es nicht. Jede Frau hier in dem Raum lechzt danach, von mir gemalt zu werden. Und weißt du, was ich ihnen sage? Ich male nur, wen ich kenne.«

Die Bilder über mich habe ich nicht gemeint.

»Jetzt wollen sie mich unbedingt kennenlernen. Was für eine Idiotie!« Er amüsiert sich köstlich, trinkt einen Schluck. Ein Tropfen Sekt läuft an seinem Kinn herunter.

Meeresrauschen. Ich beobachte den Tropfen, der hinunterfällt, auf die Wasseroberfläche trifft, Kreise zieht, aufgeht im Meer.

Henning lacht, und undeutlich sehe ich sein Gesicht durch das Blau des Wassers, verschwommen über den sich brechenden Wellen. Wenn ich die Hand nach oben strecke, kann ich ihn berühren. Aber ich bleibe, wo ich bin, und versuche, den Atem anzuhalten, bis es nicht mehr geht. Ich hole tief Luft und merke erleichtert, daß ich unter Wasser atmen kann.

»Also, was ist?«

»Was?«

»Kommst du?«

»Wohin?«

»Nach drüben. Ich will dich mit ein paar Leuten bekanntmachen.« Er zieht mich am Arm mit.

Ich zwinkere das Wasser aus meinen Augen und werfe einen Blick zurück. Der Himmel tobt über wildem Meer. Ich will wissen, über welchem Bett mein Bild hängen wird. Nicht über einen Kamin hängen. Ich hätte eine Warnung anbringen sollen: Nicht über Feuer hängen.

Henning schiebt mich vorwärts. »Aufgepaßt, Leute. Das ist Katharina Rumann, meine Schülerin, mein Modell und meine Inspiration.« Klatschen wie umtoste Klippen.

Es ist zu spät. Ich schüttele eine Menge Hände.

III.

Das Bild meiner Mutter. In einen Sessel gelehnt, blaß, den Kopf müde nach hinten geneigt, die Augen vornehm geschlossen. Ein weißer Bart. Zwei obere Augen, obwohl ich ihr mehr malen wollte. Zwei untere, versteckt in ihren Händen. Wenn sie mich anfaßt, ist es, als könnte sie durch mich hindurchschauen.

Sie berührt nicht gern, vielleicht weil sie magische Hände hat. Hände mit Augen darin.

Ihr Kleid ist gelb mit blauen Tupfen. Mit Gelb sieht sie grün aus im Gesicht, aber sie mag Gelb. Sie trägt es fast nur.

Ihr Haar ist zusammengesteckt zu einem Knoten. Auf meinem Bild sieht er aus wie ein Maulwurfshügel, aber ich bekomme ihn nicht besser hin.

Ich muß auch malen, was hinter ihrem Kopf ist, »was 'nen Vogel auf'm Kopf hat«, höre ich Onkel Daniels Stimme. Aber ich kann es nicht. Meine Mutter hat ihre Knotenhaare auf dem Kopf, sonst nichts. Ich verzweifele fast.

Probeweise male ich ihr einen Engel über den Maulwurfshügel, aber er paßt nicht und ist geschummelt. Ich übermale ihn mit Blau. Blau und Gelb gehen wunderschön zusammen, ich kann mich kaum satt sehen.

Manchmal, wenn ich baden muß und das Mädchen ist aus, wäscht meine Mutter mir die Haare. So kann sie mich nicht sehen: Vielleicht bekommt sie dabei Shampoo in die Händeaugen. Ihre Berührungen sind schön, wie die einer Mutter. Dann taucht sie meinen Kopf unter Wasser.

Ihre Hände auf dem Schoß sind schrumpelig, die Augen geschlossen. Sie schläft, damit ich sie malen kann. An den Ärmeln ihres gelben Kleides sind Rüschen. Meine Mutter liebt Rüschen. Meistens muß ich sie für sie tragen, und sie dürfen nicht schmutzig werden. Das ist so schwer, Malen mit weißen Rüschen, die nicht schmutzig werden dürfen. Ich bekomme Kopfschmerzen davon, und meine Schultern tun weh.

Ich male meiner Mutter ganz weiße Rüschen, damit sie sich freut. Sie bedecken ihre Hände, doch die Handaugen lugen hindurch.

Meine Mutter trägt eine Perlenkette, und ihr Hals ist faltig. Ich kann ihre Falten sehen und freue mich, daß sie älter wird. Ich weiß nicht, warum. Im Gesicht hat sie keine Falten und sieht immer so aus, als leide sie Schmerzen. Als erdulde sie. Das kriege ich nicht hin.

Ihre Augen sind eigentlich braun; man kann sie auf meinem Bild nicht sehen, weil sie sie geschlossen hält. Alle Augen. Ihre Nase ist ganz klein und gestreckt. Ihre Wangen sind glatt und dünn aufgespannt.

Ich weiß, daß meine Mutter hinter ihren schmerzverzogenen Lippen lächelt. Ich male ihre Lippen in einem dünnen roten Strich, obwohl sie dick sind und wulstig. Ich male die Zähne dahinter, von denen ich weiß, daß sie da sind. Jetzt sieht sie aus wie ein unheimlicher Clown, und wenn meine Mutter eines nicht ist, dann ein unheimlicher Clown. Ich übermale die Zähne mit dem Rot ihrer Lippen, und schon sieht es besser aus.

Ich sehe mir das Bild an und werde wütend, weil etwas fehlt und ich nicht herausbekomme, was es ist.

Die Schuhe sind braun und tragen eine riesige blaue Schleife. Meine Mutter liebt Schuhe. In ihrem Schuhschrank verstecke ich mich manchmal, wenn ich mein Zimmer aufräumen soll, und rieche das Leder. Tausend kleine Fächer, in denen man seine Funde verstauen kann: Steine, Federn, Muscheln, ein Vogelei. Ich male Schuhe um meine Mutter herum, und aus jedem von ihnen lugt ein kleiner Schatz.

Man muß verteufelt aufpassen, daß man nicht ihre Lieblingsschuhe erwischt. Das gibt ein Mordsgeschrei, wenn sie auf eine Feder oder ein kleines Stückchen Holz tritt.

Ich bin immer noch nicht zufrieden, betrachte das Bild ganz genau, und es gefällt mir nicht. Das Gelb ist es, das sie doch meistens trägt. Ich bin wütend auf das Gelb. Mit schwarzer Farbe übermale ich Kleid und Tupfen, und jetzt ist es gut.

Frank sagt, mein Bild zeigt ein Schuhmonster, und das finde ich auch.

Ein Brett voller Zwiebeln, um Gelb zu lernen. Jeder andere hätte wohl Zitronen genommen, aber Henning läßt sich etwas einfallen. Und es ist schwierig, zumindest schwieriger, als es zunächst aussieht, denn Gelb ist keine beständige Farbe. Gelb ist die Farbe der Hysterie.

Mit Holzkohle zeichne ich die Formen auf der Leinwand vor und verwische sie dann mit einem sauberen Lappen, bis sie ganz blaß sind. Dann male ich sie mit der Spitze eines runden Haarpinsels nach, verwende dazu mit viel Terpentin verdünnte gebrannte Umbra. Es geht schon auf das Gelb zu, denn wer kann sagen, wo Braun aufhört und Gelb anfängt? Gut, bei Umbra ist es leicht, aber bei Ocker?

Zwiebeln sehen alle unterschiedlich aus; wer hätte das gedacht. Ich male eine große Gemüsezwiebel in Kadmiumgelb, Ultramarinblau und gebrannter Siena, für die kleineren nehme ich lichten Ocker, Weiß und gebrannte Siena, die dunklen Stellen erhalten zusätzlich Ultramarinblau. Während ich die Gelbtöne mische, denke ich an ein gelbes Kleid, an gelbe Arme, die mich umfangen. Gelb war so tröstlich. Und so unberechenbar.

»Kandinsky bezeichnete das Gelb einmal als ›farbige Darstellung des Wahnsinns‹«, doziert Henning, während er hinter uns herumgeht. Zu David sagt er mit leiser Stimme; »Zuviel Weiß. Das sieht eher aus wie Knoblauch«, bevor er fortfährt: »...und Emil Nolde hörte in hellem Gelb sogar ›die Not- und Angstschreie der Tiere‹. Ich möchte, daß Sie erst einmal gar nichts hören. Ich möchte, daß Sie sich dem Gelb ganz unbelastet nähern.«

Ich höre seine Schritte, die hinter mir anhalten. »Für Goethe war es die nächste Farbe am Licht. Und was wäre van Goghs Werk ohne Gelb?« Ich spüre seinen Atem, der mir über den Rücken streicht. »Ihn faszinierte die Sonne, das Sonnengelb. Kandinskys Wahnsinnsfarbe war wohl eher das kühle, scharfe Zitronengelb.« Die Stimme entfernt sich wieder.

Ich höre nicht länger zu, was Maler und Dichter zu sagen hatten, sondern konzentriere mich auf Schalen über Schalen und lege mit einem Borstenpinsel geschwungene Linien über die Zwiebelformen.

Sich dem Gelb nähern, als ob das so einfach wäre. Mimosenhaft empfindlich ist die Farbe, kann sich vom warmen Strahl blitzschnell ins gallige Gegenteil trüben. Tausende kleine Übergänge, kaum spürbar, dazu eine ausdrucksvolle Palette, die vom Zitronengelb bis zum eitrigen Gelbgrün reicht. Gelb mit Schwarz zusammen bedeutet höchste Gefahr, doch mit Blau zusammen sieht es ganz wunderbar aus.

Aber das ist eine Täuschung. Es gibt keinen Sonnenaufgang über Wasser, der Gelb wäre. Alle möglichen Töne von Rot bis Orange, das ja, aber nicht diese Farbe, nirgends. Gelb ist eine Lüge über Geborgenheit.

Ich mansche wütend auf meiner Palette herum, meine Zwiebeln werden immer dunkler. Ein unbedachte Äußerung, ein falsches Wort, und da ist wieder dieses gelbe Blenden meiner Kindheit, dem man nur im Blau entkommen kann. Unter Wasser ist es ruhig, während oben die Sonne brennt, bis man keinen klaren Gedanken mehr zu fassen vermag.

Ich gebe den Zwiebeln einen schimmeligen Grünton. Kein Mensch kann wissen, wie lange sie schon in meinem Bild liegen. Für den Untergrund nehme ich Braun. Braun geht ganz gut; Braun ist neutral, außerdem kann es gut einen Tisch darstellen. Als wenn es bei Zwiebeln großartig darauf ankommen würde.

Blau und Gelb können nicht mehr zusammen ins Bild, das wäre wie ein Versprechen. Ein Versprechen, das noch nie eingelöst wurde. Ich meinen Kopf unter Wasser, sie im gleißenden Licht. Man mußte die Augen zusammenkneifen, um sie überhaupt erkennen zu können. Den Umriß einer Mutter im Türrahmen.

Gelb ist nichts, Gelb ist die Unberechenbarkeit. Nichts, woran man sich festhalten könnte, Schale um Schale. Vielleicht ist Gelb auch nichts anderes als das Fremde. Immer muß man weinen, wenn man Zwiebeln schält, immer Tränen. Das liegt am Gelb, an nichts anderem. Nur am Gelb.

Frank hatte mich aus seinem Bett geschubst. Es war mitten in der Nacht und schrecklich dunkel, von draußen warf der Mond ein ganz fahles Licht in die Zimmer und erweckte alle möglichen Monster zum Leben. Meine Eltern waren ausgegangen. Nicht, daß ich von ihnen Rettung zu erwarten gehabt hätte.

Frank wollte mich nicht haben, er war müde, und als ich unter seine Decke schlüpfte, trat er nach mir. Vielleicht hätte ich etwas betteln sollen.

Paul lag sicher in seinem Bett und starrte mit offenen Augen ins fahle Monsterlicht. Das wollte ich mir ganz sicher nicht angucken.

Ich hatte nie Angst, wenn es donnerte, ich hatte nur Angst vor der Stille. Mondlicht war ganz still.

Ich saß in meinem Bett und beobachtete die Flecken, die sich zu bewegen schienen. Je länger man guckte, desto mehr bewegten sie sich. Ich hörte meinen Atem wie in einem Gruselfilm und versuchte, ihn ganz flach zu halten.

Monster konnte man doch wohl hören, oder?

Selbst wenn, ich meine, selbst wenn jetzt ein Monster aufgetaucht wäre, hätte es mir vielleicht gar nichts getan. Vielleicht käme es nur, um meine Eltern umzubringen, und wüßte nicht, wo ihr Zimmer war. Meine Eltern schliefen den Gang hinunter auf der linken Seite, aber im Moment waren sie auf einer Party.

Meine Mutter war ziemlich aufgeregt gewesen, als sie sich zurechtgemacht hatte. Sie sah fremd aus. Sie nahm erst Frank und dann sogar Paul an die Hand und tanzte mit ihnen. Dann entdeckte sie eine Laufmasche in ihrer Strumpfhose und schrie. Sie änderte sich in diesen Tagen so häufig, daß keiner von uns ihr mehr traute.

»Herrgott, Ellen, zieh dir halt eine neue Strumpfhose an«, hat mein Vater gesagt, und sie hat ihn nur angeschrien, daß er ja keine Ahnung habe, wie es sei, eingesperrt in ein dunkles Haus, mit drei ungezogenen Kindern.

Wir waren schuld an Strumpfhosen mit Laufmaschen, verregneten Kaffeestunden mit ihren Freundinnen, kaputten Waschmaschinen, Kopfschmerzanfällen und wenn nichts zu trinken im Haus war.

Dann hat sie Paul geohrfeigt. Er starrte sie nur an. Ebenso wie das kalte Mondlicht jetzt.

Wenn ein Monster gekommen wäre, hätte ich es bitten können, meine Eltern zu ermorden. Gut, nicht unbedingt ermorden, aber wenigstens doch verjagen. Ich beobachtete die vom Mond verunstalteten Schatten und wünschte mir eine Bewegung. Ich wagte nicht aufzustehen und meine Stifte zu holen, aber in Gedanken zeichnete ich mir einen Verbündeten. Einen schrecklichen Verbündeten. Mein Monster sah ein bißchen aus wie Onkel Daniel als Werwolf, hatte lange Zähne und war ungeheuer stark.

Ich vermißte Onkel Daniel. Wenn er zurückkäme, wäre seine Rache bestimmt fürchterlich.

Meine Mutter würde er erwürgen und meinen Vater

schreiend aus dem Haus jagen. Dann würden wir alleine hier leben. Onkel Daniel, der sich wieder zurückverwandeln könnte, Frank, der anziehen dürfte, was er wollte, und ich.

Mit Paul wußte ich nichts anzufangen. Besser, er würde auch mit aus dem Haus gejagt. Er wollte bestimmt nicht bei uns bleiben, und Onkel Daniel mochte er auch nicht besonders. Er konnte ja mit meinem Vater gehen.

Mir fiel die Ohrfeige ein, die meine Mutter ihm wegen der Laufmasche gegeben hatte, und wie er sie angesehen hatte. Vielleicht konnte Paul doch bei uns bleiben, wenigstens eine Weile.

Es blieb ruhig, und ich betete zu dem Monster, daß es jetzt kommen sollte. Im Hof hörte ich meine Eltern vorfahren. Schritte vor dem Haus, meine Mutter lachte laut auf. Jetzt, Onkel Daniel, jetzt wäre der richtige Zeitpunkt. Laß mich nicht mit ihnen allein.

Brandung, mit Borstenpinsel gemalt.

Blau birgt Gefahren, aber ich fühle mich sicher, solange Henning im Raum ist, ich seinen Körper spüren kann, seine Stimme höre.

Mit einem Haar-Rundpinsel habe ich die wichtigsten Konturen gemalt, den Horizont mit einem Strich umrissen und die Silhouetten der drei Felsformen skizziert. Auch der hochspritzende Schaum hat eine bestimmte Form und ist nicht einfach ein unscharfer Fleck, er hat genauso seinen Platz wie die Felsen.

Henning steht hinter mir, atmet in meinen Nacken. »Nur Borstenpinsel, das ist die Aufgabe.«

»Aber nicht zum Skizzieren.«

»Aber jetzt.« Seine Finger streichen unauffällig über meinen Rücken. »Sieht gut aus.« Dann geht er weiter.

Ich versuche, nicht darauf zu achten, wie er hinter Carola steht, mit einem Pinsel über ihre Schultern reicht, ihr etwas erklärt und dabei auch atmet, seine Hüften dicht hinter ihren. Er malt alle seine Studentinnen, und ich kann sie sehen, nackt vor der Leinwand, er hinter ihnen, wie er in ihre Ohren stöhnt.

Mit einem breiten Borstenpinsel male ich in langer, glatter Strichführung den Himmel. Hellere Aufstriche deuten die waagerechte Bewegung der Wolken an. Nur tropfenweise verdünne ich die Farbe mit Malmittel und male sie dick und grob als dunkle Felsen. Jetzt weiß ich, warum Henning uns nur mit Borstenpinsel malen läßt: Die Felsen werden schroffer dadurch, als dunkle Blöcke haben sie ihre eigene rauhe Struktur.

Ich höre seine Stimme, während er David etwas erklärt, kann aber nicht verstehen, was er sagt. Es ärgert mich, daß ich so sehr auf ihn achte, und ich versuche wieder, mich auf Himmel und Felsen zu konzentrieren.

Das Meer im Hintergrund lege ich mit dunkler, flüssiger Farbe an, ganz ähnlich wie den Himmelston. Hat er mich da gerade gemeint? Über die Leinwand halte ich Ausschau nach Henning, aber nein, er redet weiter mit David. Ich dachte, ich hätte meinen Namen gehört.

Vor dem Schaum der Brandungswellen halte ich still, klatsche sie mehr auf die Leinwand, als daß ich sie male, und bin unzufrieden. Ich höre Nissa lachen, Henning lacht auch, und ich fühle mich... Ich bin es leid, immer darauf zu achten, wie ich mich fühle. Im Sturm stehen, im Wasser atmen oder unter seinen Berührungen brennen, ich habe es satt, immer erwarten, immer erdulden zu müssen.

Ich lege alles hin, Pinsel und Palette, wische meine Hände ab und sage Henning, daß ich eine Pause bräuchte. Vielleicht murmele ich auch etwas von Kopfschmerzen, zumindest sieht er mir erstaunt nach, als ich den Kurs verlasse.

Ich gehe durch die menschenleeren Flure in den Park, setze mich auf eine Bank und beobachte meinen Atem. Ganz ohne Beobachtung geht es eben auch nicht. Ich atme und versuche, an nichts zu denken, bis sich der Student, dessen Namen ich inzwischen weiß, neben mich setzt.

Auf seine Frage, was ich denn mache, antworte ich nicht. Was soll ich auch schon Großes sagen: Ich atme, sieht man das nicht?

»Bist du wütend?«

Ich schüttele den Kopf.

»Traurig?«

Ich fühle mich eher taub, glaube aber nicht, daß ich ihm das erzählen möchte. Ich möchte begehrt werden, spüren, daß ich lebendig bin. Auch hier draußen, gerade hier draußen. »Hast du Lust auf einen Kaffee?« frage ich den Studenten.

Er sieht mich neugierig an. »Klar«, sagt er.

Wie sind ein paarmal ausgegangen, und er weiß, wo ich wohne. Weiter als bis zur Wohnungstür ist er nie gekommen, aber jetzt lasse ich ihn herein, sage ihm, wo das Badezimmer ist, während ich den Kaffee koche.

Es ist nicht so, daß ich eifersüchtig bin. Es ist die Unverbindlichkeit, die mich stört, die mich so nervös macht, daß ich kaum den Pinsel halten kann. Aber das ist die Freiheit, alles tun zu können, nicht wahr? Zu malen, was man will, atmen zu können, wo man will, und zu gehen oder zu bleiben. Alles, wie man es will, ohne sich festzulegen. Ohne Linien zu ziehen.

Es ist unfaßbar, die fehlende Umarmung nach dem Sex ist unfaßbar, und solange das so ist, knipse ich die Kaffeemaschine an und steige aus meinen Schuhen. Der Student kommt wieder und äußert sich über ein paar Bilder, die an der Wand lehnen. Sicher, sage ich und antworte höflich. Dann gehe ich auf ihn zu und biete mich an. Er wird mich nehmen, das tun sie immer, und wer weiß? Vielleicht lerne ich etwas über die Unverbindlichkeit von Worten und die Endgültigkeit des Verschwindens.

Meine Mutter hatte jetzt eine Freundin. Meine Mutter und ihre Freundin saßen am Küchentisch. Sie saßen und tranken Kaffee und erzählten. Wenn ich in die Küche kam, unterbrachen sie sich.

»Na, Katharina, was macht die Schule?« fragte mich die Freundin, und ich sagte ihr, daß es sehr gut gehe, danke. Dann warteten sie, bis ich wieder raus war. Manchmal kauften sie Kuchen, und ich bekam ein Stück, das ich auf mein Zimmer mitnehmen sollte. Meist tranken sie ihren Kaffee »mit Schuß« und kicherten dabei. Wenn die Freundin lange blieb, war meine Mutter betrunken. Dann rief sie Frank, der kaum noch zu Hause war, aber wenn sie ihn erwischte, umarmte sie ihn und weinte und sagte, daß sie ihn nie verlassen würde.

Paul wollte sie nicht umarmen und mich auch nicht.

Manchmal wartete ich, bis sie ihren dritten Kaffee »mit Schuß« getrunken hatten und kicherten, um mich anzuschleichen. Es gab zunächst nicht viel Interessantes zu hören. Sonderangebote, Kleider, Hüte, daß früher alles besser gewesen sei, als sie jung waren. Dann wurden sie melancholisch und erzählten aus der Zeit, als sie Mädchen waren und hübsch und begehrt und die Welt ihnen noch offenstand.

Meinen Vater nannten sie »den Schlappschwanz«, uns Kinder allgemein »die Bande«. Die Freundin meiner Mutter hatte auch Kinder, die sie abwechselnd »Brut« oder »Plage« nannte. Frank war für meine Mutter »mein Junge«, und Paul war »der andere«, der, der gleich danach kam.

»Ich war ja so naiv«, beklagte sich meine Mutter mehr als einmal bei ihrer Freundin. »Ich dachte, ich könnte nicht schwanger werden, weil ich Frank noch stillte. War das ein Schock!«

Der Schock, das war auch Paul, nur meinen Namen hatte ich noch nicht herausgefunden. Mich hatte sie gewollt, soviel hatte ich schon herausgehört. Aber nicht wirklich mich, denn sie wollte zwar unbedingt ein Mädchen nach den beiden Jungen, aber ein nettes.

»Ich verstehe sie nicht«, sagte sie dann über mich zu der Freundin. Mehr konnte ich nicht hören, weil sie flüsterte, wenn sie auf mich zu sprechen kam.

Ich fragte Paul, der auch manchmal vor der Tür saß und lauschte, ob er ihren Namen für mich wüßte. Er sah mich nur komisch an und sagte, er hätte keine Ahnung.

Manchmal weinten sie, wenn sie zuviel Kaffee getrunken hatten. Sie umarmten sich und weinten und wollten weggehen. Das fand ich besonders widerlich.

Wenn es so weit war, ging ich in die Küche, um mir ein Glas Milch und einen Apfel zu holen. Dann guckten sie mich ganz fremd an, putzten sich die Nase, und die Freundin meiner Mutter fragte mich wieder, was die Schule machte. Dann ging sie. Den Apfel warf ich in den Garten, weil mir schlecht wurde.

Ich gehe hoch in mein Zimmer und male den weggeworfenen Apfel. Ich dringe ein in sein Gehäuse, und er ist ganz morsch und schwarz in der Mitte. Überall sind Maden und fressen sich satt. Sie haben schwarze Köpfe und einen weißen, glitschigen Leib.

Sie fressen und fressen.

Überall liegen kleine braune Klümpchen herum. Das ist ihre Scheiße; Onkel Daniel hat es mir erzählt. Die Maden schieben sich übereinander, sie glitschen übereinander. Sie haben keine Beine.

Der Apfel wird von innen her aufgefressen. Außen sieht er schön aus und rot, und innen wohnen die Maden. Er könnte in einer Obstschale liegen, und jemand könnte ihn nehmen und hineinbeißen. Einer Made dabei den Kopf abbeißen, oder viele Maden auf einmal im Mund haben. Ich stelle mir die ganzen Maden vor, die dieser Jemand im Mund hätte, und wie er schreit. Ich male immer heftiger aufs Papier, verzweifelt, Made um Made. Ich bin wütend. Die Maden kriechen jetzt auch draußen am Apfel. Ich bin wütend und habe Angst.

Wenn ich ganz allein bin, denke ich, während ich male, was tue ich dann überhaupt hier? Warum soll ich hier sitzen und Äpfel malen? Warum soll ich überhaupt etwas tun? Atmen, zum Beispiel?

Ich wünschte, ich könnte mit Onkel Daniel darüber sprechen, aber Onkel Daniel ist weit weg. Wer weiß, vielleicht wird er auch gerade gefressen, von innen her. Ich betrachte die Maden, meine Freunde, und hasse die Welt.

Frank kam irgendwann in mein Zimmer, es war schon dunkel. Ich lag auf dem Boden und war zu müde zum Atmen, aber es hörte nicht auf. Also lauschte ich meinem Atem und versuchte, nicht zu denken.

Frank kam herein. »Was tust du? Es gibt Abendessen.«

Ich antwortete nicht und atmete.

»Hast du gehört? Du verpaßt das Abendessen.« Er ging zum Schreibtisch. Ich hörte, wie das Madenbild raschelte, als er es hochhob.

»Frank«, sagte ich, und es war so anstrengend zu sprechen, also ließ ich es wieder sein.

»Katharina?« Frank legte das Bild zurück und betrachtete mich von oben herab. »Hör auf damit«, sagte er, und es klang wütend.

Ich wollte sterben, tatsächlich, ich merkte erstaunt, daß ich sterben wollte. Ich sagte es Frank. Er antwortete nicht. Ich dachte darüber nach, ob ich tatsächlich sterben wollte und warum.

Frank stand nur da und blickte auf mich herunter.

Weil alle so gemein waren. Weil die Welt gegen mich war. Weil ich so unglaublich allein war. Aber das sagte ich Frank nicht, weil ich zu müde war. Er stand da wie aufgelöst, und ich begann zu ahnen, daß er mich verstand. Das machte es nicht besser. Frank löste sich langsam auf in meinem Sog. Ich blinzelte, versuchte, mir das Abendessen vorzustellen.

»Vielleicht esse ich erst etwas«, sagte ich, auch um Frank aufzuheitern.

Ein Ruck ging durch seinen Körper. »Ja«, sagte er.

»Was gibt es denn?«

»Braten mit Gemüse und Kartoffeln.«

»Gibt es auch Nachspeise?« Ich mußte ernsthaft darüber nachdenken, ob es sich für Braten mit Gemüse lohnte, weiterzuleben.

»Vanillepudding.«

Also gut. »Ich komme mit.« Ich stand auf und ging zur Tür. »Kommst du auch?« fragte ich meinen Bruder. Er sah aus, als wollte er noch etwas sagen, doch ich drehte mich weg von ihm. Ich konnte hören, wie er mir mit einem Seufzer folgte.

Ich versuche mich zu erinnern, wie es war, nachts im Meer. Ich habe geträumt, ich könnte atmen. Nicht sofort: ein paar schreckliche Sekunden am Ertrinken, die Luft angehalten vor Angst, dann ein Atemzug, befreiend, erleichternd.

Dann sah ich mich um. Blau. Unter Wasser war es blau. Kein Sonnenstrahl, nur Fischschwärme, die der farblosen Fahlheit der Tiefe dennoch Farbe zu geben schienen. Pilze, hier unten hießen sie Algen, an Skeletten von Schiffen. Eine Katastrophe für die Menschen, die nicht mehr hier waren, und ein Glück für die Fische, die stählerne Höhlen liebten und sich rücklings hineinzwängten.

Fische bauten kein Nester, die weggespült werden konnten. Nur der Kopf guckte noch heraus, spitze Zähne im Maul, die Augen immer offen.

Eisen hielt sich hier. Eine Weile.

Ich lag, nein, ich schwebte über dem Grund, konnte nicht schwimmen. Eine untergegangene Boje. Es war nicht kalt, auch nicht geborgen. Dunkel war es und still.

Ich atmete in tiefen, reinen Zügen. Wie konnte ich überleben?

»Du atmest so schwer.«

»Ich? Nein. Ich hatte einen Traum.«

»Willst du ihn mir erzählen?«

»Nein, du hast mich zu früh geweckt.«

Er lacht, streicht mir über die Stirn, küßt meine Nasenspitze.

»Henning?«

»Ja?«

»Wie ist es zu ertrinken?«

»Hast du das geträumt?«

»Wie ist es? Meinst du, es tut weh? Denkst du, man merkt, wie sich die Lungen mit Wasser füllen?«

»Deshalb hast du so schwer geatmet. Du bist ertrunken.«

Ich stoße seine Hand weg, die unter mein Nachthemd geschlüpft ist. »Nein, bin ich nicht.«

»Ich wollte es schon immer mit einer Wasserleiche treiben.« Er flüstert in mein Ohr, während ich seine Hand auf meinem Schenkel spüre.

Widerwillig kriecht die Erregung in mir hoch. »Ich konnte atmen«, versuche ich, bevor Henning meine Worte mit seinen Küssen erstickt.

Später, als er wieder neben mir liegt, versuche ich mich zu erinnern. Ich mag das Wasser, mag das Blau, auch wenn ich selbst nicht gut schwimme. Ich bin gerne naß. Als Kind bin ich unter dem Rasensprenger durchgelaufen, wenn meine Mutter mich nicht erwischt hat. Meine Haare bräuchten zu lange zum Trocknen, hat sie immer geschimpft und mich nach drinnen geschickt.

Ich habe immer mehr das Gefühl, unter Wasser zu sein. Es ist wie mit dem Schnee, damals, als Genna mich gefunden hat. Die Geräusche werden leiser, die Gesichter unbedeutender, das Leben unwirklicher. Ich frage mich, ob ich dabei bin, zu ertrinken, fühle jedoch keinen Schmerz.

Der Traum. Ich konnte atmen. Ich ertrinke also nicht. Keine Schmerzen. Und ich war nicht allein. Ich erinnere mich: Kurz bevor Henning mich weckte, war da jemand, schwamm auf mich zu. Kein Fisch. Irgend etwas Ähnliches. Vielleicht wollte es mich retten? Vielleicht. Und doch habe ich das Gefühl, als wollte es mich behalten. Ja, das ist das richtige Wort. Da unten ist definitiv etwas, das mich behalten will. Und ich weiß nicht, ob ich deswegen beunruhigt sein sollte.

Meine Mutter nannte mich »Hexe«, wenn sie mit ihrer Freundin am Küchentisch saß und Kaffee trank. Nun gut, es hätte schlimmer sein können.

Die Hexe kam herein, nahm sich einen Apfel und beantwortete die Frage nach ihrer Schule. Mußten Hexen überhaupt in die Schule gehen?

Dann wurden die beiden nervös. Ich versuchte, meinen bösesten Hexenblick aufzusetzen, und es klappte tatsächlich: Die Freundin meiner Mutter verabschiedete sich.

Als Hexe konnte ich natürlich auch zaubern. Ich versuchte, kleine Beschwörungsformeln zu murmeln, wann immer ich meine Mutter traf. Schaute sie mich etwa ängstlich an? Als ich ihr erzählte, daß ich Spinnenbeine und Krötenaugen suchen ging, wurde sie allerdings mißtrauisch. Ich hätte es bei dem Gemurmel lassen sollen.

Mein Hexendasein machte mir Spaß. Ich übte einen bösen Blick und lief so lange damit herum, bis Frank mir sagte, daß ich von dem vielen bösen Gegucke Falten über den Augen kriegen würde. Außerdem war es anstrengend, immer finster auszusehen.

Mein Vater merkte nichts von meiner neuen Stellung in der Familie. Als ich ihn böse anstarrte und dabei vor mich hin murmelte, fragte er mich, ob ich Kopfschmerzen hätte.

Paul sagte, Hexen seien im Mittelalter verbrannt worden, und das sei wahrscheinlich das, was unsere Mutter mit mir vorhabe.

Ich hatte nächtelang Alpträume, in denen sie kam und mich ins Feuer warf, und morgens war ich ganz ängstlich und beobachtete sie. Ich wußte ja, daß meine Mutter enttäuscht von mir war und »die Bande« loswerden wollte, aber ich hatte schreckliche Angst davor, verbrannt zu werden. Hätte ich doch nur Onkel Daniel fragen können, was ich tun sollte.

Jetzt machte es mir überhaupt keinen Spaß mehr, Hexe zu sein. Ich versuchte, so lange wach zu bleiben, bis meine Mutter ins Bett ging. Ich lauschte auf ihre Schritte auf dem Flur und wartete, bis sie bei mir vorbeigekommen und in ihrem Zimmer war.

Einmal blieb sie stehen, und ich hielt den Atem an. Langsam öffnete sie die Tür, und ich wollte schreien, Paul und Frank zu Hilfe rufen, konnte es aber nicht, weil ich wie gelähmt war vor Angst. Ich kniff die Augen zusammen und wurde ganz steif.

Sie kam leise ins Zimmer, beugte sich über mein Bett und streichelte mir über das Haar.

Ich konnte den Alkohol in ihrem Atem riechen. Ich fürchtete mich entsetzlich, weil sie so etwas noch nie gemacht hatte. Dann ging sie und schloß die Tür hinter sich. Mir steckte ein Kloß im Hals, und ich hätte am liebsten geweint. Trotzdem spürte ich ein wenig Hoffnung. Vielleicht tat es ihr leid, daß sie mich verbrennen wollte?

Seine Berührungen halten mich wach, kitzeln auf meiner Haut, laufen bebend hinunter zwischen meine Beine, finden ihren Höhepunkt, verebben langsam, es wird wieder ruhig. Ich muß immer neben ihm liegen, immer unter seinen Händen sein, um wach zu bleiben.

Oder malen. Vor der Leinwand gelingt es mir, die Augen offen zu halten. Hier gibt es keine Fische, keine Wellen, in denen ich stehe. Ich kann atmen und wittere die Farben wie ein Tier.

Unter seinen Händen male ich.

Ich will hier bleiben, hier an der Oberfläche, und gehe mit Genna aus, treffe mich mit dem Studenten ohne Namen, schlafe mit Henning und rede sogar mit Nissa.

Nackt, auf dem Stuhl vor seiner Leinwand, werde ich taub.

Ich sage es Henning, doch er schüttelt nur den Kopf. Du bist meine Inspiration, sagt er, ich kann dich nicht wegschwimmen lassen. Er denkt, ich mache Witze.

Ich versuche mich wach zu halten, kitzele meine Arme, bewege die Zehen, darf nicht zu viel auf die eine oder andere Seite wechseln, weil er es sonst merkt und unzufrieden wird. Ich denke an die Berührung Gottes, den Fingerzeig. Nackt warte ich darauf, erschaffen zu werden, lungere herum in Farben und krieche aus dem Wasser auf die Leinwand. Keine Linien, hier achtet keiner auf Linien, und ich bin uferlos. Ich spüre seinen Fingerzeig, den Finger der Schöpfung, wie er lange, lange wartet, bis er endlich auf mich zeigt, auf mich, um mir sein Leben einzuhauchen.

Dann schlafen wir miteinander im Geruch des Terpentins, um uns herum das Öl der Geburt und schwitzende Körper, Tücher mit Farbresten und ausgequetschte Tuben, während sein Bild von mir, das perfekte, an der Decke über mir hängt wie in einer Kapelle.

Mein Vater redete mit der Freundin. »Du mußt es doch wissen, du mußt es doch wissen.« Dann fing er an zu heulen.

Mein Vater saß mit ihr am Küchentisch, und ich kniete wieder vor der Tür. Sie redete auf ihn ein, aber ich konnte nicht verstehen, was sie sagte, weil er so laut schluchzte.

»Mich so allein zu lassen mit den Kindern. Wie konnte sie das nur tun?«

Gemurmel von der Freundin, und ich schob die Tür einen Spalt weit auf, um sehen zu können, was passierte. Das Mädchen hatte seinen freien Tag, und ich war sicher.

Die Freundin meiner Mutter streichelte seine Hand. Dann redete sie wieder mit ihm.

»Nein, nein.« Ein Schluchzen. »Ich kann es trotzdem nicht begreifen. Mich so im Stich zu lassen. Ihre drei Kinder im Stich zu lassen.«

Sie schien etwas zu fragen und ließ ihre Hand auf seiner liegen.

»Ja, daran habe ich als erstes gedacht. Obwohl die beiden eigentlich nicht mehr miteinander sprechen. Aber Eva weiß auch nicht, wo sie ist.« Er zog die Nase hoch. »Sagt sie zumindest.«

Eva war meine Tante. Die Freundin fuhr fort, meinem Vater die Hand zu streicheln, während er weiter schluchzte. Ich wollte es nicht hören, wollte nicht hören, wie er heulte, während wir anderen tapfer waren wie Soldaten.

Paul war nicht da, und ich ging hoch und durchstöberte sein Zimmer. Früher hätte ich das nie gewagt, aber er kam jetzt meist erst nach Hause, wenn es dunkel wurde und er Hunger bekam. Paul kam mir vor wie ein Tier, das tagsüber jagte und nachts in seine Höhle zurückkroch, um Kraft zu sammeln.

Was jagte er?

Ich fand Fußballschuhe, einen Tennisschläger und Bälle, Rollschuhe, Kaugummis, seine Schulsachen, ein altes Glas mit Saft drin, auf dem Pilze wuchsen. Von den Wänden herab beobachtete mich eine Fußballmannschaft. Auf seinem Schreibtisch auf einem Matheheft stand ein ferngesteuertes Auto, auf dem Regal darüber eine Sammlung von Drachen. Paul nannte sie Dinosaurier.

Ich ging rüber zu Frank und klopfte. Nur vorsichtshalber, weil ich wußte, daß auch er nicht da war. Sein Zimmer war aufgeräumt. Keine Fußballspieler an den Wänden, dafür Bilder von Schnecken in Holzrahmen. Wenn er wegen seines einen Auges nicht Soldat werden konnte, wollte er Biologie studieren. Schnecken waren seine Lieblingstiere. Ich mußte mich immer wundern, wenn ich die Schneckenbilder sah. Bei Frank wunderte ich mich oft.

Alles ordentlich. Klamotten im Schrank, seine Biologiesammlung in kleinen Schachteln. Frank hatte ein selbstgebasteltes Flugzeug, das hing bei ihm unter der Decke und bewegte sich, sobald man das Fenster aufmachte.

Ich beobachtete seine Gespensterheuschrecken. Sie bekamen bald Junge und hatten schon einen Haufen Eier gelegt. Für mich sahen die Eier aus wie kleine Kügelchen Scheiße, so wie bei den Maden, aber Frank sagte, daß bald Heuschreckenbabys schlüpfen würden. Die letzten hatte er in der Toilette weggespült. Ich wollte sie freilassen, aber Frank sagte, dann würden sie sich mit heimischen Heuschrecken vermischen und das wäre nicht gut. Wenn die hier geschlüpft waren, würde er sie wieder die Toilette runterspülen.

Ich verstand nicht, warum sie erst rauskommen mußten, um zu sterben. Wäre es nicht besser gewesen, sie erst gar nicht auf die Welt kommen zu lassen? Ihnen gar nicht erst Hoffnungen zu machen?

Ich guckte noch in Franks Schubladen und ging dann ins Schlafzimmer meiner Eltern. Auf dem Treppenabsatz lauschte ich noch einmal Richtung Küche, konnte aber nichts hören. Wahrscheinlich heulte er noch, und sie streichelte seine Hand.

Ihr Bett war riesig, und früher war ich darauf herumgesprungen. Dann kam das Mädchen und hat mich weggescheucht. Ich war jetzt zu alt, um darauf zu spielen.

Ihre Kleider hingen noch im Schrank. Nicht alle, aber die meisten. Ob sie sich schon neue gekauft hatte? Sie hatte nicht viel mitgenommen, also mußte sie sich neue Sachen gekauft haben. Das war bestimmt schön; sie liebte es, einzukaufen. Ich wußte noch, was sie immer erzählt hatte, mit ihrer Freundin in der Küche. Die, die jetzt meinen Vater tröstete. Wie sie jung gewesen waren, was sie für tolle Klamotten hatten und was für Chancen. Bevor sie »den Schlappschwanz« kennenlernte. Wahrscheinlich kaufte sie sich jetzt wieder tolle Klamotten und hatte viele Chancen.

Ich riß ein altes Kleid vom Bügel. Ich zerrte daran herum, aber es zerriß nicht. Es lag in meinen Händen, und ich starrte es an. Es roch nach ihrem Parfüm, und ich warf es zurück in den Schrank.

Die Schublade in ihrem Nachttisch war leer. Es fehlten ihre Unterwäsche und ihre Sachen im Badezimmer. Nur noch die Sachen meines Vaters waren da.

Ich will etwas verstecken in meinem Bild. Ich weiß noch nicht, was, aber die Wellen sind hoch genug, das Blau dunkel. Nie ist irgendwo Strand zu sehen, an den man sich retten könnte, an dem man angespült austrocknen könnte, aber die Felsen tun ihr Bestes, und manchmal sind sie kurz zu sehen unter der Gischt.

Ich will etwas verstecken. Natürlich darf es nicht auffallen. Es muß etwas Meerähnliches sein, vielleicht ein Tier, ein Kadaver?

Henning mag meine Bilder von Wasserleichen nicht, er kann sie schlecht erklären, und das muß er, wenn er sie unter seiner Signatur verkaufen will. Wasserleichen, sagt er, sind zu weiblich. Aber sie sind ihm wohl in erster Linie zu tot.

Das Meer ist lebendig, das Blau, das auf die Felsen schlägt, und ich denke an die Geborgenheit meiner Kindheit, als ich mich im Schrank meiner Mutter verkroch und kostbare Schätze versteckt habe.

Was wäre ein besserer Platz, einen Schatz zu verstekken, als das Meer? Ich brauche ihn nur sinken zu lassen, das Seil zu kappen. Mein Versteck ist das Wasser und das dunkle Blau, und ich stelle mir vor, daß ich eine große Kiste habe. Natürlich male ich währenddessen ruhig weiter, damit niemand etwas merkt.

Hell umspült das Weiß meinen Pinsel, während ich an die Kiste denke, die ich nicht füllen kann. All die kleinen Gegenstände, die in Schuhe paßten, sind lange weg, im Schlafsaal verloren, in dem einen Schrank, an den man seinen Namen heften durfte. Paul hätte es verstanden: Irgendwann gab es keine geheimen Schätze mehr.

Und Frank: Merkwürdig, daß ich andauernd an ihn erinnert werde. Frank war immer abmarschbereit, bereit, sein Leben auf ein paar Quadratmeter zu beschränken. Geordneter Rückzug: Darauf war sein ganzes Denken gerichtet, ist es wahrscheinlich heute noch.

Frank wußte, was in so eine Kiste kommt. Und wahrscheinlich wäre sein Schatz dort sicher gewesen, auf dem Meeresgrund, und niemand hätte ihn je gesehen.

Kein neugieriges Mädchen, das sich auf Knien anschlich und ihn entdeckte.

Tut mir leid, Frank. Vielleicht ist es das, was mich immer wieder an dich denken läßt: Der Blick auf dein bemaltes Gesicht, der Moment der Stille, als du entdeckt warst. Ich habe das nicht absichtlich gemacht, wirklich nicht, und jetzt habe ich diese riesige Kiste für dich, siehst du? Da kannst du alles reinlegen, und ich werde dir nie mehr nachspionieren, sondern das Seil kappen. Hier unten ist es ruhig, du kannst mir glauben. Und es gibt genug Platz für Geheimnisse.

Es gab etwas nach dem Verlassen werden, und das war Ken.

Ken war ein schwarzes Kind, und er kam immer dann, wenn die Wut nicht mehr half, wenn man sich nur noch auf den Teppich legen wollte und aufhören zu atmen. Ken war mein Freund.

Er sah ein wenig aus wie ein Außerirdischer, hatte einen runden Kopf, große, nach vorne gestülpte Augen und einen kleinen, erschrockenen Mund. Keine Haare. Seine Arme und Beine waren lang und ganz dünn; ein bißchen wie Spinnenbeine. Er war völlig schwarz, und nur ich konnte ihn sehen.

Wenn ich ihn brauchte, trug ich ihn mit mir wie einen Rucksack. Wenn ich dann den Kopf leicht zu meiner Schulter drehte, konnte ich ihm ins Ohr flüstern.

Ich hatte ihn Ken getauft nach dem Barbiepuppenmann, den ein Mädchen in meiner Klasse hatte und den niemand anfassen durfte. Sie brachte ihn immer mit zur Schule, und er saß neben ihrem Etui und lächelte sie an. Eigentlich konnte er nicht soviel. Er hatte keine Haare, die man kämmen und flechten konnte, und auch nicht so viele Sachen zum Anziehen. Aber wenn es gefährlich wurde, gewann er und rettete Barbie. Er hatte eine Abenteuer- und Campingausrüstung und eine Menge Autos. Obwohl er immer lächelte, mochte ich ihn, weil er stark war.

Ken kam zum ersten Mal zu mir, als meine Mutter wegging. Ich kam spät nach Hause und war dreckig, und das Mädchen zog mich aus und badete mich. Hinterher saß ich in meinem Zimmer, war furchtbar wütend und zeichnete ein Kind in einem Schrank voller Kleider, mit großen weißen Augen unter all den bunten Stoffen. Meine eigenen Augen brannten die ganze Zeit.

Dann merkte ich, wie meine Wut weniger wurde, und ich bekam fürchterliche Angst. Mein Magen tat so weh, daß ich nichts essen konnte, und ich wollte auch nicht mehr zeichnen. Das Zimmer wurde mit einem Mal ganz groß und ich ganz klein, der Stuhl, auf dem ich saß, war riesig, und ich konnte mich nicht bewegen.

Ken kam über meinen Schreibtisch gelaufen, ich weiß nicht, woher, setzte sich vor mich auf das Bild von dem Kind im Schrank und streckte seine Hand aus. Ich hatte keine Angst vor ihm, obwohl er doch so häßlich war und ganz schwarz. Ich war auch nicht überrascht. Er war eben da.

»Wer bist du?« fragte ich ihn, und als Antwort nahm er sein dünnes Händchen und streichelte mein Gesicht. Er konnte auch reden, aber nur in meinem Kopf.

»Ich bin jetzt für dich da«, hörte ich seine Stimme, ohne daß er den Mund bewegte. »Du bist nicht allein. Wo deine Mama weg ist, bin ich jetzt da für dich. Ich bin dein Freund, und ich gehe nicht weg.«

Und so war Ken also bei mir und beschützte mich. Er schlief in meinem Bett, malte mit mir und wartete auf mich, wenn ich aus der Schule kam. Zur Schule wollte er nicht mit, vielleicht, weil die anderen Kinder dann über ihn spotten könnten, aber wenn ich nach Hause kam, war er für mich da. Ich redete mit ihm, auch wenn mein Vater dagegen und »besorgt« war und andauernd Gespräche mit mir führen wollte. Paul sagte, jetzt sei ich völlig übergeschnappt. Das war mir egal. Ken war mein Freund.

Frank redete nicht mehr. Gar nicht mehr. Er aß kaum noch und sagte kein Wort. Es gab noch ein paar Kleider von meiner Mutter im Schrank, und als ich Frank das sagte, um ihn zu trösten, hat er mich geschlagen. Richtig mit der Faust, nicht nur so zum Spaß. Meine Lippe blutete ein bißchen, und ich erschrak zu Tode, denn Frank hatte mich noch nie geschlagen, noch nie. Nur Paul machte das. Ich mußte weinen, und meine Lippe blutete, aber Frank sagte kein Wort.

Paul war meist weg. Er hatte eine Bande, und zu der ging er. Eigentlich war er noch zu jung, um bei denen mitzumachen. Aber er hatte einen der größeren Jungs verprügelt, und jetzt ließen sie ihn. Ich wußte, daß sie meistens in einem Baumhaus saßen und rauchten. Ein Mädchen aus meiner Klasse hatte es mir erzählt, die, deren großer Bruder das Baumhaus besaß. Er hockte da und rauchte und prügelte sich. Wenn er nach Hause kam, war er dreckig und stank. Annette, unser Mädchen, beschwerte sich bei meinem Vater, daß das »kein Zustand« sei. Dann ließ sie Wasser für ihn ein.

Nachts flüsterte ich mit Ken, aber er wußte auch nicht, wo meine Mutter war. Tagsüber ließ ich ihn in meinem Zimmer, damit Frank keinen Grund hatte, noch mal wütend auf mich zu werden. Aber nachts war er da. Er schlief an meinem Hals.

Das Aufwachen war das Schlimmste. Einen ahnungslosen Moment lang schaute ich zum Fenster, und die Sonne schien, und ich überlegte, daß ich heute draußen spielen könnte, und dann fiel es mir wieder ein. Sie war weg, und man durfte nicht einfach so spielen. Wann konnte man wieder zu spielen anfangen, nachdem die eigene Mutter verschwunden war?

In der Schule wußte es erst niemand, weil mein Vater es nicht gesagt hatte, und das war peinlich. Weil ich mein Heft dreimal hintereinander vergessen hatte, sollte meine Mutter bei meiner Lehrerin anrufen, und ich wußte nicht, wem ich das sagen sollte. Ich bekam großen Ärger, weil sich niemand meldete, und schließlich rief die Lehrerin bei uns zu Hause an. Am nächsten Tag sagte sie vor der ganzen Klasse, daß ihr das mit meiner Mutter leid für mich täte, ich mich aber trotzdem zusammenreißen müßte, auch wenn man Verständnis für mich hätte.

Die Pause war die Hölle. Alle Kinder standen um mich herum und wollten wissen, was los war. Meine Mutter sei weggegangen, sagte ich, und daß ich nicht wüßte, wohin. Sie ließen nicht locker mit ihren Fragen, bis plötzlich Paul angestürmt kam wie ein Verrückter, sich zwischen die Kinder warf und wild um sich schlug. Selbst ich bekam einen Schlag ab.

»Kümmert euch um eure eigenen Angelegenheiten«, schrie er, und fast sah es so aus, als ob er weinte. »Laßt sie in Ruhe.« Und ich wußte nicht, ob er mich oder meine Mutter meinte.

Aus der Küche kamen Geräusche. Es hörte sich an wie... ich wußte nicht, wie. Ganz leise schlich ich die Stufen hinunter und bekam ein wenig Angst. Jetzt wünschte ich mir doch, Frank oder zumindest Paul wären zu Hause, aber das waren sie kaum noch. Es schien fast so, als hätte meine Mutter sie mitgenommen.

Vor der Küchentür machte ich halt und lauschte. Es war die Stimme meines Vaters, und sie klang, als ob er Schmerzen hätte. Dazwischen hörte ich die Stimme der Freundin meiner Mutter. Vorsichtig und ganz langsam kniete ich mich hin und öffnete fast unmerklich die Tür. Es dauerte eine ganze Weile, bis ich sie sah, und dann wußte ich sofort, daß sie es miteinander machten.

Ein Mädchen in der Schule hatte mich aufgeklärt: »Es« war in Ordnung, solange die Leute verheiratet waren. Wenn nicht, kamen sie dafür in die Hölle. Mein Vater und die Freundin meiner Mutter waren nicht verheiratet und taten es trotzdem.

Von meinem Vater sah ich nur den Rücken und den nackten Hintern. Die Hose hatte er heruntergelassen, sie lag auf seinen Füßen.

Er bewegte sich heftig vor und zurück und stöhnte ganz laut, aber es klang nicht mehr, als wenn ihm etwas weh tun würde. Die Freundin meiner Mutter lag unter den Küchenmessern neben der Spüle. Ihre Beine waren nackt und gespreizt, und sie stieß kleine spitze Schreie aus. Ich konnte ihre Fußsohlen sehen. Ihren Rock und ihre Strumpfhose entdeckte ich auf dem Küchentisch, die Schuhe darunter. Die Schreie wurden lauter.

»Na los, mach schon«, stöhnte mein Vater, während die Freundin meiner Mutter nur »Ja, ja!« rief. Ich wünschte, ich käme näher an sie heran, damit ich besser sehen konnte. So sah ich alles nur von hinten. Es war widerlich, und trotzdem konnte ich nicht weggehen. Mein Herz hämmerte. Der nackte Hintern meines Vaters wurde schneller. Ich hätte gern gesehen, wie er in sie reinging. Das Mädchen aus meiner Klasse hatte mir erzählt, daß es so gemacht wurde. Aber nur, hatte sie hinzu gefügt, wenn sie verheiratet waren. Es schien auch so zu gehen.

Das »Ja, ja, ja« wurde heftiger, dann war es vorbei. Mein Vater stöhnte laut, dann bewegte er sich nicht mehr. Die Beine der Freundin meiner Mutter gingen ein bißchen runter, so daß ich ihre Fußsohlen nicht mehr sehen konnte. Als mein Vater seine Hose hochzog, ging ich schnell weg von der Tür und rannte in mein Zimmer.

Mir war schlecht, und ich war schrecklich aufgeregt. Am liebsten hätte ich Frank davon erzählt. Paul sagte ich besser nichts. Paul war jetzt immer ziemlich wütend, und wer weiß, ob er nicht auch wütend auf meinen Vater werden konnte.

Das Froschmaul.

Mir war schlecht. Mein Vater und meine Mutter hatten es miteinander gemacht, um uns zu bekommen. Das wußte ich. Ob sie es auch in der Küche neben der Spüle getan hatten? Ich mußte an die Heuschreckenbabys denken, die die Toilette runtergingen. Irgendwie war das gar nicht so schlimm. Wenn sie mich schon neben der Spüle gemacht hatten, hätten sie mich gleich runterspülen sollen. Dann hätten sie mir gar nicht erst Hoffnungen gemacht.

Es ist eiskalt, und ich habe keine Schuhe an, als ich nachts in sein Atelier schleiche; ein großes Zimmer mit viel Glas und einem herrlichen Blick über die Dächer der Stadt.

Spiegel machen den Raum größer und das Modell nackter, in der Ecke steht eine runde Couch, die meist nur dazu gebraucht wird, um auf ihr Tuschezeichnungen zu trocknen.

Ich balanciere eine Tasse heiße Milch mit Honig zu einem der Korbstühle, ziehe die Füße unter mich und sehe mich um in den Schatten. Heiße Milch weckt keine Kindheitserinnerungen: Wenn ich nicht schlafen konnte, bin ich rübergeschlichen zu meinen Brüdern und habe sie beobachtet.

Ich kann schlecht einschlafen. Henning liegt auf dem Rücken, die Nase spitz, der Mund halb herabgefallen, und gibt kleine Schnarchtöne von sich. Nicht viel, nur gerade so viel, daß sie stören. Oder eine winzige Klappe in seiner Nase macht Geräusche, winzige Geräusche, und wenn ich ihn wecke, wird er wütend.

Also gehe ich in die Küche, mache mir eine Tasse warme Milch und ziehe die Füße hoch, bis ich müde bin und die Schatten der Bilder aufhören, mir angst zu machen. Am besten kann ich schlafen, wenn es hell wird und der erste Vogel anfängt zu singen.

Ich weiß schon, was viele meiner Kommilitonen zu dem Sonnenaufgang sagen würden, der da als Bild vor mir steht. Die Farben sind so blaß, und, der unbegreiflichste Vorwurf: Das ist kitschig. Die Versicherung zu leben, am Anfang zu stehen, und alles ist möglich, das finden sie kitschig.

Henning ist es egal, ob es kitschig ist oder nicht, weil sich so etwas hervorragend verkauft. Er hat für dieses Bild viel Geld herausgeholt, und ich bin ihm dankbar dafür, wirklich. Ich habe Geld von meiner Großmutter geerbt, aber das ist längst weg. Meine Großmutter war verrückt, mein Großvater hat fast überhaupt nicht gesprochen. In meiner Familie gab es wirklich einige Irre.

Ein Sonnenaufgang ist bei weitem nicht so feurig, wie man glauben möchte. Die leuchtendsten, wärmsten Farben stehen am Horizont, während der Himmel über ihnen gedämpfter ist. Die Wolken sind dunkler als der Himmel und nehmen Spuren des Lichts an ihren unteren Rändern auf.

Mit dem Finger schiebe ich die Haut beiseite, die sich auf der Milch gebildet hat, und puste Kringel auf die heiße Flüssigkeit.

Gewitterhimmel werden gern gemalt, die dunklen, unheilvollen Töne voller Farben, oder die wilde See, der Sturm über Land. Das ist offenbar nicht kitschig. Keine warmen Töne, kein Trost.

Das Bild ist zurückgekommen, mein Bild vom Sonnenaufgang, mein schönes Bild. Ein Wasserfleck muß übermalt werden, nichts Dramatisches, und natürlich haben sie es zurückgebracht bei dem Preis, den sie dafür bezahlt haben. Henning soll es übermalen, aber ich bearbeite es, weil es mein Bild ist, meine Hoffnung. Und das ist wohl kaum kitschig.

Ich kann es gar nicht richtig sehen, während ich vor ihm sitze und die Dunkelheit noch unheimlich ist, aber ich weiß ja, wie es aussieht. Es gibt nichts Schöneres als die Ruhe, und ich warte und beobachte mein Bild. Stelle mir vor, wie ich an Land schwimme in diesem warmen Wasser, mich auf den Rücken lege und warte, bis mir die Sonne ins Gesicht scheint. Ich ziehe die Füße fester unter mich und trinke einen Schluck warme Milch. Es kann nicht mehr lange dauern, bis die Welt ganz golden wird. Jetzt, gleich passiert es.

Bist du da, Mama? Ich bete jeden Abend, wenn ich ins Bett gehe, daß du wiederkommst. Ich verspreche alles: daß ich lerne für die Schule, daß ich Kleider mit Rüschen anziehe und nicht mehr böse bin. Ich will mich bessern, ich will artig werden. Ich weiß nicht genau, was ich getan habe, aber ich weiß, daß es ungeheuer schlimm ist, und ich bete und bete und bereue es, was immer es auch sein mag.

Alle Kinder in der Schule haben eine Mutter, das heißt fast alle. Ein Junge drei Reihen vor mir hat keine, aber ich weiß nicht, warum.

Das Mädchen bringt mich ins Bett und streichelt über mein Haar und sagt: »Armes Ding.« Aber ich war doch immer eine Hexe, ich will kein armes Ding sein.

Mein Vater wollte mit uns reden. Ich konnte mir schon denken, worüber.

»Eure Mutter ist jetzt ein halbes Jahr weg.«

Paul guckte nach rechts auf den Boden und schlenkerte mit den Beinen. Frank saß wie angenagelt auf seinem Stuhl und rührte sich nicht. Er starrte meinen Vater an.

»Nun, sie ist jetzt ein halbes Jahr weg und hat sich auch nicht gemeldet. Weder bei mir noch bei Eva. Sie ist sicher nicht mehr in Deutschland, nehme ich an. Eure Mutter will nicht gefunden werden, damit müssen wir uns abfinden. Und so weit, die Polizei einzuschalten, wollte ich nicht gehen. Hör bitte auf damit, Paul.«

Paul hatte angefangen zu pfeifen; mit einem langgezogenen Ton hörte er auf. Er begann wieder mit den Beinen zu zappeln.

Frank saß immer noch da. Ich beobachtete ihn, um herauszufinden, ob er blinzelte. Ob er noch atmete.

»Nun«, mein Vater räusperte sich, »es ist schwer für einen Mann, alleine zu bleiben...«

»Du treibst es mit unserer Nachbarin.« Das war Frank, der das sagte. Er hatte sich nicht gerührt. Paul hörte auf mit den Beinen zu zappeln. Seine Augen wurden zu kleinen Schlitzen.

Mein Vater stand da, wie vom Blitz getroffen. Er hob die Hand, und ich konnte sehen, wie Paul sich automatisch duckte. Frank blieb, wo er war.

Mein Vater schlug ihn nicht. Langsam ließ er die Hand wieder sinken und wurde rot. »Ich und unsere Nachbarin sind uns nähergekommen, ja. Und ich will nicht solche Ausdrücke in diesem Haus hören.«

»Es ist schmutzig, wenn man es tut und nicht verheiratet ist«, sagte ich. »Du kommst in die Hölle dafür.«

Paul stöhnte verächtlich auf, aber mein Vater ignorierte ihn. »Viele Leute machen Liebe, ohne daß sie miteinander verheiratet wären. Manche Religionen glauben, das sei eine Sünde. Wir nicht.«

»Wir gehen doch gar nicht in die Kirche«, raunte Paul mir zu und boxte mich. Ich boxte zurück. Hatte Liebe machen etwas damit zu tun, ob man in die Kirche ging?

»Es ist sicher eine Sünde, eine Ehe zu zerstören«, sagte Frank. Er wußte gut Bescheid in solchen Sachen, obwohl er auch nicht in die Kirche ging. »Oder ist sie etwa nicht verheiratet?«

Mein Vater sagte nichts.

»Sie ist verheiratet und hat zwei Kinder und einen Mann, und du treibst es mit ihr auf dem Küchentisch. Wenn das keine Sünde ist.«

»Ich sagte, ich will diese schmutzigen Ausdrücke in meinem Haus nicht hören.« Jetzt schrie er.

»Natürlich.« Franks Stimme klang eiskalt. »Es zu tun, ist nicht schmutzig. Aber darüber zu reden. Katharina hat euch beobachtet. Du machst es vor einem Kind mit einer verheirateten Frau mit Familie, nachdem du deine Frau aus dem Haus geekelt hast.«

Ich merkte, wie ich rot wurde. Das war nicht richtig von Frank, mich zu verraten. Außerdem war er ja selbst noch ein Kind, auch wenn er älter war.

»Was willst du uns jetzt sagen? Daß wir eine neue Mutter haben? Daß wir wieder eine Familie sind und noch zwei Geschwister kriegen? Du bist widerlich. Ein halbes Jahr reicht, meinst du? Da hast du dich geirrt.«

Ich blickte erschrocken zu Frank. Sein Gesicht war bleich, auf seinen Wangen und seiner Stirn bildeten sich hektische rote Flecken, sein Auge glänzte. Er sah aus, als ob er Fieber hätte. Vielleicht war er doch kein Kind mehr.

Mein Vater sank in sich zusammen und sagte kein Wort mehr. Fast hätte er einem leid tun können.

Frank stand langsam vom Stuhl auf. »Du kannst es machen mit ihr, sooft und solange du willst. Aber nicht in diesem Haus. Sie setzt keinen Fuß mehr über diese Schwelle. Sie bleibt bei ihrem Mann und ihren Scheißkindern. Treibt es meinetwegen in der Garage. Ich werde hier sein.«

Paul und ich starrten ihn an.

»Los jetzt.« Frank schnippte uns zu. »Wir gehen.«

Ich ließ mich vom Stuhl gleiten und folgte den beiden aus dem Zimmer. Wir sahen unseren Vater nicht an. Wenn ich es recht überlegte, war Frank vielleicht wirklich kein Kind mehr. Überhaupt nicht mehr. Frank hatte sich schließlich doch noch verbündet.

Oh, ich kann mir das schon vorstellen: Wie man versucht, die Luft anzuhalten, um jeden Preis die Luft anzuhalten. Das, was man ein Leben lang getan hat, unterbrechen, den letzten Rest in der Lunge behalten, festhalten, solange es geht.

Dunkelheit kriecht von allen Seiten auf einen zu, das ist der Sauerstoffmangel im Gehirn, eine natürliche Blende, die immer kleiner und kleiner wird. Ein Loch noch in der Mitte, und da ist nur Wasser. Nichts als Wasser.

Jetzt nimmt auch das Pochen in den Ohren zu, es wird laut und eng, die Brust schmerzt. Das Wasser wird enger und enger, die Gedanken werden verwirrter. Vielleicht ist jetzt nur noch eine Verabredung wichtig, die nicht abgesagt wurde, das Auto, das noch nicht bei der Inspektion war, und man hatte doch noch so viel vor, so viel.

Spätestens jetzt ist die Luft in den Lungen verbraucht, der Druck ungeheuer, der Körper atmet. Ja, er atmet, weil er das schon immer getan hat und er es nicht besser weiß; zu sterben hat er nie gelernt. Der Mund öffnet sich und mehr noch als das, atmet ein, aber keine Luft, und Wasser schießt in Mund und Luftröhre.

Manche Menschen haben Glück, bei anderen dauert es länger. Bei zehn Prozent ziehen sich die Muskeln um den Kehlkopf zusammen, sobald dieser mit Wasser in

Berührung kommt, und sie ersticken. Beim Rest strömt Wasser in die Lungen und läßt langsam die Sauerstoffabgabe ins Blut versiegen.

Jetzt ist man kaum noch bei Besinnung. Was sieht man? Was begreift man, während man durch die Tiefe schwebt, Wasser in und um einen herum? Der Körper lebt noch. Kann den Tod nicht begreifen, weil es doch seine Aufgabe war zu leben. Zu funktionieren.

Langsam, wie ein Maschine, schaltet er eine Funktion nach der anderen ab, versucht zu retten, was zu retten ist. Das Wichtigste zuletzt aufgeben, so hat er es gelernt. Das Gehirn sendet Befehle aus, die schließlich nicht mehr befolgt werden, ist Kapitän auf einem Geisterschiff, das sinkt und sinkt. Schließlich hört auch das auf.

Ich hatte geträumt, daß meine Mutter krank sei, und beschlossen, ein Opfer zu bringen.

Sie lag da, mit verschwommenen Augen, die Nase ganz spitz über ihrem halb geöffneten Mund. Ich konnte ihren Atem hören, leise und rasselnd. Sie roch aus dem Mund. Vielleicht konnte man in Träumen nicht riechen, aber ich wußte, daß sie aus dem Mund roch. Sie war fürchterlich dünn, und ihre Haut schlaff und bleich. Sie stöhnte und konnte ihre Augen nur einen Spalt weit öffnen.

Ich wußte, daß sie starb, und ich begriff, daß ich mich beeilen mußte.

Ich mußte noch etwas tun, etwas sagen. Ich mußte etwas opfern. Nicht damit es ihr besser ging, sondern damit ich es beenden konnte. Ihr sagen konnte, was ich von ihr hielt. Ihr sagen konnte, wer ich war. Wirklich war, weil sie mich nie kennengelernt hatte.

Wenn sie in unserem Haus sterben würde, könnte ich ihr Geschichten erzählen wie damals meiner Großmutter. Die kam auch zum Sterben in unser Haus, und ich erzählte so lange Geschichten, bis sie tot war. Keine sonderlich netten Geschichten übrigens, aber meine Großmutter war auch keine nette Frau.

Für meine Mutter brauchte ich mehr als eine Geschichte, die sie sowieso nicht mehr hören konnte. Ich mußte etwas tun, ich mußte etwas opfern.

Ich redete mit Ken. Ken mußte gehen. Ich wollte ihn nicht zwingen, weil ich diesen Blick aus Ohnmacht und Unverständnis nicht noch einmal sehen wollte. Pauls Blick, als sie erst mit ihm getanzt und ihn dann geschlagen hatte. Der Blick, der so weh tat, daß einem schlecht wurde. Nie mehr, in meinem ganzen Leben nicht mehr. Ich redete mit Ken, und er verstand mich. Er hatte mich immer verstanden. Ich sagte ihm, wie gern ich ihn hätte und daß er mein Freund sei. Diese Nacht noch flüsterte ich mit ihm und erzählte ihm Geschichten, beschrieb ihm Bilder, die ich malen würde. Am nächsten Morgen war er fort.

Ich suchte meine Bilder zusammen; sie lagen im ganzen Haus herum. Die Blumenbilder im Nähzimmer meiner Mutter, am Kühlschrank hing ein Regenbogen. Ich durchsuchte das Zimmer von Paul, konnte das Bild mit dem braunen Hund ohne Flecken aber nicht finden. Vielleicht hatte er es weggeworfen. Ein Bild mit einem Dinosaurier fand ich, der in Wirklichkeit ein Drache war, mit riesig aufgerissenen Augen und Nüstern ohne Feuer. Das war kein Bild für Paul, das war er selbst, wie ich ihn nie hätte malen können. Der Drache war winzig im Vergleich zur Höhle, in der er wohnte. Da war er eingesperrt, da war er in Sicherheit.

In Franks Zimmer fand ich drei Bilder. Im Badezimmer hatte ich ein Muschelbild aufgehängt.

Ich wußte, daß man nichts im Haus anzünden durfte, aber das war mir egal. Man durfte auch seine Kinder nicht verlassen.

Ich nahm meine Bilder und ging in das Schlafzimmer meiner Mutter. In diesem Bett hatte sie mit meinem Vater geschlafen, und vielleicht hatten sie uns hier gemacht. Die Sachen meines Vaters lagen unordentlich überall herum.

Ich nahm sie und trug sie ins Badezimmer nebenan. Dann machte ich das große Bett. Das war schwierig, und es sah nicht so gut aus, als wenn das Mädchen es gemacht hätte, aber die war nicht da.

Ich breitete meine Bilder auf dem Bett aus. Einige lagen auch übereinander, weil nicht soviel Platz war. Dann fing ich an zu erzählen. Meine Mutter lag in diesem Bett im Sterben. Ich erzählte ihr meine Bilder. Ein Männchen, das ich mit Onkel Daniel gemalt hatte, hatte ganz viele Finger. Und Pauls Hund hatte rote Flecken, aber das Bild war ja nicht mehr da.

Blumenbilder. Kleine Kinder in Betten, die Augen geöffnet. Vielleicht paßten sie auf, damit niemand wegging. Auch nachts nicht wegging. Würfel, Dreiecke und ein Frosch. Schulbilder, die ich im Arbeitszimmer von meinem Vater gefunden hatte.

Meine Freundin Irma mit Haaren, meine Freundin Irma ohne Haare, Irma vor ihrer Hütte, auf dem Baum, am Teich, vor ihrem großen Haus. Eigentlich hatte sie kein richtiges Haus, aber ich hatte ihr eins gemalt, ein ganz großes, weil sie sich doch immer eins wünschte. Schildkrötenbilder. Ein Mädchen im Regen ohne Haare.

Mein Bruder Frank. Mit Augenklappe sah er tatsächlich aus wie ein Pirat. Ich erzählte von dem Bild, das ich nie gemalt hatte. Das, wo Frank sich vor dem Spiegel drehte, im Morgenmantel meiner Mutter, und sein Gesicht war geschminkt. Ein Bild mit einer Zielscheibe und einem Auge in der Mitte.

Großmutter. Zahnlos und böse, eine Hexe im Bett, die Hände auf der Bettdecke. Eine kleine Großmutter. Eine schrumpfende Großmutter. Meine Tante und ihre Froschkinder. Nur ein Bild von meiner Tante, weil sie nie lange genug da war. Bilder von meiner Mutter. Ich schaute sie mir lange an. Sie hatte ganz viele Augen, auch an ihren Händen. Auf einem Bild hatte sie einen Schnurrbart vom Milchtrinken. Bilder von ihren Schuhen. Ich erzählte, was ich alles in ihren Schuhen versteckt hatte.

Schwarze Bilder. Sie waren für Onkel Daniel. Nach dem Streit, als er nicht mehr kommen durfte, hatte ich sie alle schwarz gemalt. Schwarze Häuser, Autos und Bäume. Schwarze Kinder.

Ein fauler Apfel mit Maden.

Autos, die wegfuhren. Bilder von mir selbst. Ich beschrieb mich. Im Schlamm, im Regen, ohne Haare. Ich als Hexe. Ich, die als Hexe verbrannt wurde. Babys, die in die Toilette gespült wurden.

Das letzte Bild war das von Paul, ausgerechnet. Da ich mir nicht sicher war, ob sie ihn als Drache erkannte, erzählte ich von ihm. Daß er Dinosaurier mochte und Fußball, daß er mich und Frank nachmachte, daß er jetzt eingesperrt war, weil er kein Zuhause hatte.

Ich legte Paul ganz oben auf den Stapel. Draußen wurde es schon langsam dunkel, und ich mußte mich beeilen. Im Nachtschrank meines Vaters waren eine Kerze und Streichhölzer, falls der Strom ausfiel. Ich kannte alle Schubladen im Haus.

Ich nahm die Kerze und zündete sie an. Dann hielt ich sie sorgsam, damit kein Wachs runtertropfte, an das Bild mit Paul.

Die Ecke entzündete sich, wurde braun, rollte sich auf. Der Drache, der Paul war, zog sich zusammen. Ich legte vorsichtig mehr Papier nach. Vorsichtig, damit die Flammen nicht erstickten. Bald brannte das Feuer von alleine, und ich stellte mich an die Tür.

Die Bilder verbrannten schnell; Aschefetzen flogen durch die Luft. Die Decke, unter der meine Mutter lag, hatte auch Feuer gefangen. Bald krochen die Flammen zu den Bettvorhängen. Meine Bilder waren weg und das Bett bedeckt von Feuer. Es war warm und Fetzen von Decken und Papier tanzten im ganzen Zimmer.

Ich hörte durch das Knistern die Wohnungstür, die aufgeschlossen wurde. Schritte eilten die Stufen hoch, als die Gardinen wie durch Zauberhand in Flammen aufgingen. Eine Hand riß mich zurück, so daß ich das Gleichgewicht verlor und auf dem Hintern landete. Eine Stimme schrie mich an, während ich das Feuerbett beobachtete, in dem ich fast die Umrisse meiner Mutter ausmachen konnte. Jemand sprang ins Zimmer, riß die Vorhänge herunter und verschwand im Bad, doch ich beobachtete nur das Bett, das nicht mehr zu retten war.

Das Bett stand in hellen Flammen, und ich spürte, wie sie mich verließ. Wie ein Schatten erhob sich der Rauch, und fast hätte man meinen können, er breite die Arme aus. Ich merkte, wie mich eine große Ruhe überkam. Ich hatte ihr alles erzählt, alles über mich, Paul und Frank. Und jetzt war es gut.

IV.

»*I*ch hab meinen Bruder ewig nicht gesehen«, sage ich zu Genna. »Wir hatten schon als Kinder wenig Kontakt zueinander.« Außer, er wollte mir den Arm brechen. Dann natürlich schon.

»Und der will dich besuchen?«

Ich nicke unglücklich, den Brief mit seiner Ankündigung noch in der Hand. Obwohl, unglücklich ist untertrieben: Es ist schlichtweg eine Katastrophe.

»Und? Ist das so schlimm?«

»Ja«, sage ich. Das ist schlimm.

»Warum?«

Ja, warum eigentlich? Der strubbelige Paul mit der Rotznase und den brutalen Augen, der zuschlug ohne Warnung, wie ein Bär. Die schlagen auch zu, ohne eine Miene zu verziehen. »Ich kenne den Menschen überhaupt nicht«, versuche ich zu erklären. »Sie haben ihn irgendwann weggeholt.«

Genna bleibt stehen. »Wie, wer hat ihn weggeholt?«

Ich will das nicht erzählen, so wie ich ihr nie etwas erzählen will, wenn es ernst wird. Ich will es noch nicht einmal selbst so genau wissen. »Paul war schon immer ein wenig...«, ich suche nach dem Wort, »gewalttätig.« Kann man »ein wenig« gewalttätig sein? Ich gehe einfach weiter, lasse sie aufholen.

»Ich hasse diese Andeutungen, Kath.«

Das weiß ich. Ist Genna meine Freundin, obwohl ich ihr nichts sagen kann, nichts sagen will? Irma hat mich auch nie in ihre Wohnung gelassen. »Es geht wahrscheinlich um Geld«, mutmaße ich und meine damit Pauls bevorstehenden Besuch.

»Woher willst du das wissen?«

»Warum sollte er mich sonst sehen wollen? Woher hat er überhaupt meine Adresse? Was will er von mir?« Ich versuche meine Stimme nicht allzu panisch klingen zu lassen.

Genna schüttelt den Kopf. »Warte es einfach ab. Vielleicht ist er nur auf der Durchreise und will über alte Zeiten plaudern.«

Über alte Zeiten plaudern: Das ist es ja gerade, was ich befürchte.

»Wenn du dich besser fühlst, kann ich dabei sein, wenn er kommt.«

Oh, Himmel, das ist wirklich das Letzte, was ich brauchen könnte: eine Zeugin für Paul. Ich winke ab. »Laß mal, ich kriege das schon hin. Einmal Kaffeetrinken, dann ist er wieder weg.« Ich weiß nicht, ob sie mir glaubt, ich tue es auf jeden Fall nicht.

»Deine Mutter ist also weg, hmmh?«

Der Junge, der vor mir stand, war etwas größer als ich, hatte zerzauste Haare und trug eine Brille. Sein Hemd hatte einen Schmutzrand am Kragen und schaute unter seinem Pullover hervor. Ich kannte ihn, weil er in meine Klasse ging und drei Reihen vor mir saß. Vorsichtig sah ich mich nach Paul um, damit er dem Jungen nicht gleich eins auf die Nase gab, aber Paul war nirgends zu sehen.

»Ja«, antwortete ich ihm, »sie ist weggegangen.«

Er nickte. »Meine auch. Sie hat sich vor einen Zug geworfen.«

Dann müßte sie tot sein. Niemand warf sich vor einen Zug und überlebte das, oder? Mir fiel nichts ein, was ich dazu sagen sollte. »Dann ist sie wohl tot?«

»Natürlich ist sie tot.« Der Junge von drei Reihen vor mir schnaubte verächtlich. »Was denkst'n du?«

»Meine Mutter ist bloß weggegangen«, entgegnete ich trotzig. Ich wollte keine Gemeinsamkeiten haben mit einem, dessen Mutter tot war.

»Weggegangen ist so gut wie tot«, sagte der Junge.

Wenn Paul das gehört hätte! »Ist mir egal«, sagte ich. Aber sie konnte immer noch zurückkommen. Das konnte sie, weil sie eben nicht tot war.

»Sicher.« Der Junge schabte mit den Füßen im Staub. »Unser Haus ist ganz dreckig, und niemand kauft mehr ein. Ich bringe die Flaschen raus und sauge manchmal, aber mein Vater sitzt nur rum und heult. Die Nachbarin sagt, wenn das so weitergeht, gibt sie dem Jugendamt Bescheid geben und die kommen und holen mich ab und stecken mich in ein Heim.« Er hielt inne.

Immerhin, den heulenden Vater hatten wir gemeinsam. »Wie lange ist deine Mutter schon... schon weg?«

»Zwei Jahre.«

Zwei Jahre, und sein Vater heulte immer noch! »Und hat er keine Freundin, die ihn tröstet?« Ich mußte an die nackten Fußsohlen denken, an Franks Wut, als ich ihm davon erzählt hatte.

Der Junge schüttelte den Kopf. »Nein, er will bloß meine Mutter.«

Fast war ich erleichtert, daß mein Vater es mit der Freundin meiner Mutter machte. Da jammerte er wenigstens nicht mehr so viel.

»Mein Vater hat jetzt die Freundin meiner Mutter«, erzählte ich dem Jungen und war selbst erstaunt über mich. »Meine Mutter ist fast ein Jahr fort«, setzte ich erklärend hinzu.

Er nickte wieder und macht eine Pause. »Das ist nicht nett«, sagte er dann. »Aber wahrscheinlich muß dein Vater nicht die ganze Zeit heulen, und jemand macht dir das Essen. Klingt eigentlich ganz vernünftig.« Seine Stimme war ein bißchen neidisch, und ich fühlte mich merkwürdig getröstet.

Zu essen hatte ich immer genug, und die Hemden von Paul und Frank hatten keine Schmutzränder. »Du kannst bei uns essen«, schlug ich ihm vor. »Wir haben ein Mädchen.«

»Das geht leider nicht. Mein Vater... ich muß mich um ihn kümmern. Aber danke.« Er drehte sich um und wollte weggehen.

»Wie heißt du eigentlich?« rief ich ihm nach. Ich mußte immer noch einmal nachfragen, wenn mir jemand gefiel.

»Tim«, rief er zurück.

Ich nahm mir ganz fest vor, mir seinen Namen zu merken.

Im Café sitzt er vor mir und will tatsächlich von Frank reden.

»Ja, er wollte immer schon ein großer Bruder sein, und zum Schluß wurde er's auch.«

Tatsächlich.

Er sieht mich an. »Du hast dich sehr verändert, Kath. Bist erwachsen geworden.«

Ich will nicht antworten, will gar nicht hier sein. Das findet alles nicht statt. Fischschwärze, Ruhe.

»Und... was macht dein Studium?«

Plötzlich kommt er mir hilflos vor, fast hätte ich Mitleid. »Was willst du, Paul?«

»Dich besuchen. Dich sehen. Du bist immerhin meine Schwester.«

Hätte ich ihn damals, als das Onkel-Daniel-Monster meine Eltern fraß, bloß nicht ins Haus gelassen.

Ich betrachte seinen Hals, der sehnig ist, mit einer rosafarbenen Narbe kurz über dem Kragen seines Hemdes. »Was hast du da gemacht?« Ich komme mir klein vor; eine kleine Hand, die auf seinen Hals zeigt. Wo willst du hin, Paul? Was machst du? Darf ich mitspielen? Nimm mich mit, Paul. Eine Kinderhand.

»Wo?«

»Da, an deinem Hals.«

»Ach, das.« Er greift nach der Narbe, wischt mit den Fingern, die dreckig sind, darüber. »Ein Streit. Nichts weiter.«

Seine schwarzen Haare sind strähnig. Sein Gesicht ist braungebrannt, schlecht rasiert und immer noch von kleinen Pockennarben bedeckt. Windpocken. Meine Mutter hatte ihm so oft gesagt, er solle nicht kratzen. Das Jucken ignorieren. Nicht ausreißen, was dich ärgert. Er hat wasserblaue Augen, wie Henning.

»Im Gefängnis?« frage ich ihn, weil es mich ärgert, an meine Mutter zu denken.

»Ja, im Knast. Hat man dauernd Streit. Ist halt so.« Er sieht mich durchdringend an, wartet vielleicht darauf, daß ich ihn frage, warum er ins Gefängnis mußte. Ich weiß von einer Schlägerei in einer Bar und daß jemand verletzt wurde. Frank hat es mir geschrieben, und ich habe ihm auch auf diesen Brief, wie auf alle anderen, nicht geantwortet.

»Kein schöner Ort.« Paul streicht sich das Haar aus der Stirn. Er sieht fast gut aus. Verwegen wie ein Pirat, mit seiner Bräune und seinen Narben. Deswegen konnte Frank trotz seiner Augenklappe kein richtiger Pirat sein: Paul war es schon.

»Seit wann bist du raus?«

»Eine Weile.« Er betrachtet seine Hände. »Ist nicht einfach, so ganz allein wieder draußen.«

Dabei war er immer draußen und immer allein. An manche Dinge scheint man sich nie zu gewöhnen.

»Brauchst du Geld?«

»Klar.« Er blickt zu mir hoch. »Könnte schon was brauchen. Ich will irgendwo in den Süden. Wo es ein bißchen wärmer ist als in dieser Scheißkälte hier.«

»Wie hast du mich gefunden?«

»Hab nach dir gesucht, wußte ja von der Uni, und dann ein Bild von dir gesehen, in so einem Katalog. Hab Frank erkannt.«

Eine Studentenausstellung mit ein paar Katalogen. Mit ein paar Bildern. Ist das Schicksal oder ein Beweis für Gottes unergründlichen Humor?

»Du hast ihn gut getroffen: Hab ihn auf den ersten Blick erkannt, obwohl er ganz schön verschwommen aussah in all den Farben. Hast du mich auch gemalt?«

»Nein.«

Er nickt. »Klar.« Er macht eine Pause, zündet sich eine Zigarette an. »Hast du ihm das Bild geschickt? Ich meine den Katalog, wo das Bild von ihm drin war?«

Ich schüttele den Kopf, weiß noch nicht einmal, ob ich seine richtige Adresse habe. Frank. Warum sollte ich ihm schreiben, ihm etwas schicken? Allerdings, warum habe ich ihn überhaupt gemalt?

»Hätte ihn sicher gefreut.« Mit Pauls Worten kommt eine Wolke Qualm.

Ich zucke mit den Schultern. Warum sollte ich Frank eine Freude machen wollen? »Ich habe keinen Kontakt zu ihm, weiß nicht mal mehr, wo er jetzt wohnt.«

Paul zieht an seiner Zigarette. Wieder quillt ihm Rauch aus dem Mund, während er spricht. »Wir sind alle noch da, wenn man es richtig bedenkt. Kein Kontakt mehr, aber alle noch da. Unser Vater, Mutter sicher auch, die gute alte Tante Eva, und sogar Daniel lebt wahrscheinlich noch.« Er grinst. »Alle einfach gegangen, ohne sich abzumelden. Kein Grund, irgendwas tragisch zu nehmen.« Er ascht auf die Untertasse, die vor ihm steht. »Die liebe Tante Eva hab ich mal besucht.«

»Ehrlich? Warum?«

»Ich brauchte Geld. Hat mir sogar welches gegeben, damit ich bloß schnell wieder abhaute. War gerade in der Nähe und wußte ihre Adresse noch. Kein Wunder: Wohnt immer noch am gleichen Fleck. Sah auch noch genauso aus wie früher.«

Ich will es nicht wissen, und es interessiert mich auch nicht. Ich will Paul loswerden. Ich will, daß er geht und mich mitnimmt, nach draußen mitnimmt. Darf ich mitspielen? Nimm mich mit Paul. Ich räuspere mich. »Hat sie etwas erzählt? Von... von unserem Vater? Von Onkel Daniel? Von Mutter?«

»Nichts. Kein Wort. Ich war nicht mal zwanzig Minuten in ihrer sauberen Küche. Noch nicht mal einen Kaffee hat sie mir angeboten. Wollte mich so schnell wie möglich wieder loswerden.«

»Ist ja auch egal.«

»Ja, ist es wohl.« Er läßt die Zigarette in seinen Kaffee fallen. »Er hat's gewußt, nicht wahr?«

»Wer?«

»Frank. Er hat die ganze Zeit gewußt, wo sie steckt, nicht wahr?«

Ich muß schlucken. »Bestimmt. Er war immerhin ihr Liebling.«

»War er wohl.« Paul fährt sich wieder durch seine strähnigen Haare. »Für dich war es leichter«, sagt er und betrachtet mich mit zusammengekniffenen Augen. »Du warst ein Mädchen. Aber ich war nur ein Jahr jünger, ein gottverdammtes Jahr, und sie hat mich nicht mal mit dem Hintern angeguckt.«

Hat Frank wirklich gewußt, wo sie war? »Sie hat uns nicht verstanden«, sage ich schwach. Die Fremde in Gelb. »Mehr nicht. Einfach nicht verstanden.« Es sind genau diese Art von Gespräche, denen ich aus dem Weg zu gehen versuche. Es ist genau dieses Gefühl von Ohnmacht, von Wut und der Ahnung, wie es ist, zu ertrinken.

Paul starrt in die Ferne. »Wann hast du es gewußt? Daß Frank ihre Adresse hatte, meine ich.«

Ich schüttele den Kopf. »Ich hab's nicht gewußt. Er war so ruhig. Ich hab immer gedacht, er hat nie gesucht. Und nie daran geglaubt, daß sie zurückkommt.«

Paul nickt. »Ich hab mal einen angefangenen Brief an sie gefunden. Keine Adresse drauf, nur die Anrede, ein paar Sätze. Liebe Mama.«

Es bleibt eine Weile ruhig. »Weißt du noch, Paul, als wir Kinder waren, und du kamst kaum die Treppe hoch, so betrunken warst du, und Frank mußte dich ziehen, damit keiner was merkt?«

»Wer hätte schon was merken sollen?« antwortet Paul unwillig. »Hat er nur für sich gemacht.«

Das stimmt. Wer, den es wirklich anging, hätte schon was merken können.

»Ich hab was für dich.« Paul kramt in einem Rucksack und holt ein Bündel Briefe heraus. »Die sind von Frank. Hat er mir ins Gefängnis geschrieben. Dachte mir, daß du sie vielleicht aufbewahren könntest für mich. Kannst sie auch lesen, wenn du willst.«

Ich antworte nicht, gucke auch nicht auf das sorgsam verschnürte Paket, sondern starre verblüfft auf seine Hand, die so unsagbar hart ist.

»Weil«, fährt er fort, »wär schade drum, wenn sie verlorengingen. Oder sie werden naß. Ich meine, nicht daß sie wichtig wären...« Er verstummt, die Briefe in der ausgestreckten Hand.

»Ja, sicher.« Ich muß mich räuspern und nehme ihm langsam das Bündel ab. »Ich passe darauf auf.« Ich halte die Briefe in meinen Händen. »Paul Rumann« steht da in Franks krakeligen Buchstaben; er hätte Arzt werden sollen, bei der furchtbaren Handschrift. Das ist ein alter Spruch, das sagt man immer, wenn jemand schlecht schreibt.

»Warum tust du das?« frage ich meinen Bruder.

»Was denn?«

»So was aufheben?«

Paul zuckt mit den Schultern. »Sentimentalität, wahrscheinlich.« Er stockt, sucht nach Worten. »Ich kann mich noch so gut erinnern«, sagt er schließlich.

Ich nicke. »Willst du was essen?« frage ich ihn, der mich als einziger gesucht hat, der Briefe aufbewahrt und Angst hat, sie könnten naß werden; der sich immer noch nach dem Warum fragt.

»Brauchen könnte ich schon was«, antwortet er zögernd.

Ich nehme meinen Schlüssel. »Geh in meine Wohnung, dusch dich. Deine Klamotten kannst du auch bei mir waschen.« Ich brauche Geld, werde mit Henning reden müssen. »Ich besorge Geld und kaufe ein. Dann mache ich dir was.«

Ohne ein Wort nimmt er den Schlüssel. Fast will er gehen, dann dreht er sich noch einmal um. »Dein Freund damals, als wir noch zuhause waren...«

Ich schüttele verwirrt den Kopf, weiß zunächst nicht, wen er meint. Dann taucht das Gesicht von Tim auf, ein bebrillter kleiner Tim, eine Wiese, der Wind: Es gab auch schöne Tage.

»Tim?« frage ich verwundert.

»Ja. Hast du von dem noch mal was gehört?«

Oh, Himmel, wie lang ist das her? »Nein, schon lange nicht mehr.«

Er nickt. »Dachte ich mir.« Dann dreht er sich um und geht weg.

Ich beobachte, wie er müde über den Campus in Richtung meiner Wohnung marschiert. Tims Gesicht habe ich jetzt deutlich vor Augen. Tim, der am Ende auch alleine war und dem das Warum keine Ruhe ließ und der doch nur gesehen werden wollte.

»Sag deinem Bruder...« Was sollte ich ihm sagen? Ich versuche mich zu erinnern, was Tim meinem Bruder Paul sagen wollte. »Sag deinem Bruder...« Ich betrachte Pauls kleiner werdende Gestalt. Er weiß es wohl schon.

Frank hatte nichts mehr. Keine Mutter, keine Kleider und nur ein Auge. Ich glaube, das mit den Kleidern hatte ich ihm weggenommen, damals, als ich ihn erwischt hatte vor dem Spiegel. Er übte auch nicht mehr Bogenschießen. Ich sah ihn nie mit Freunden, so wie Paul, und er redete nur ganz selten. Wenn wir am Abendbrottisch saßen, sagte er zum Beispiel: »Kann ich mal die Wurst haben.« Mehr nicht.

Ich beschloß, mit Tim darüber zu sprechen.

»Er macht was?«

»Er redet nicht mehr oder nur ganz selten, trifft keine Freunde und geht allein spazieren. Er ist ganz allein.« Das mit den Kleidern erzählte ich ihm nicht.

»Weint er?«

»Nein«, sagte ich. »Er hat ja nur noch ein Auge.« Als ob das was erklärt hätte. Ich kam mir dumm vor, aber Tim ging nicht weiter darauf ein.

»Man sollte vielleicht herausfinden, was er so macht, wenn er allein spazierengeht.«

Ich schüttelte den Kopf. Ich hatte mir geschworen, ihm nie mehr nachzuspionieren.

Tim hatte keine Geschwister, um die er sich Sorgen machen mußte. Ich war schon bei ihm zu Hause gewesen und hatte seinen Vater kennengelernt. Er saß in einem Sessel im Wohnzimmer und las in einer Zeitschrift. Das Wohnzimmer sah ziemlich schrecklich aus und die Küche auch. Nur Tims Zimmer war in Ordnung.

»So«, hatte Tims Vater gesagt und kurz von der Zeitschrift hochgeschaut. »Du bist also eine Freundin von Tim. Schön, schön. Geht schön spielen.« Dann hatte er weitergelesen.

Tim wurde ganz rot, als sein Vater so redete. »So ist er immer«, erklärte er mir auf der Treppe hoch in sein Zimmer. »Er sieht mich nicht mehr.« Das klang schrecklich, und seitdem fand ich auch Geschichten mit unsichtbaren Menschen nicht mehr so toll.

In seinem Zimmer hatte Tim die gleichen Fußballer an den Wänden wie Paul, und als ich ihm das sagte, sah er mich verblüfft an. »Paul?« fragte er.

»Mein anderer Bruder.«

»Den du nicht magst.«

Ich zuckte mit den Schultern und mußte daran denken, wie ich mir vor langer Zeit gewünscht hatte, Onkel Daniel käme zurück und würde meine Eltern fressen, und wie dann alle glücklich und zufrieden in unserem Haus gelebt hätten. Da wollte ich Paul noch mit uns wohnen lassen, weil meine Mutter ihn geschlagen hatte.

Paul war auch unsichtbar, erklärte ich Tim, aber schon von Anfang an. Besser noch als Hexe verbrannt zu werden, als wie Paul zu sein. Ich erzählte Tim, wie er uns immer nachgemacht hatte.

»Und jetzt?« fragte Tim.

Ich wußte nicht, was er meinte.

»Sie hat ihn verlassen«, sagte er.

Ja, uns aber auch.

Tim schwieg. »Aber nicht so«, erwiderte er schließlich.

»Er schlägt sich«, sagte ich, wie zur Erklärung.

Tim nickte traurig, dann winkte er ab. »Ist auch nicht so wichtig. Komm, ich zeige dir mein Wikingerschiff.« Während er einen großen Karton aus seinem Kleiderschrank kramte, drehte er sich noch einmal nach mir um. »Sag deinem Bruder... sag ihm... ach, vergiß es.« Er schien wütend zu sein. Gab es eigentlich Kinder, die nicht ständig wütend waren?

Lieber Paul,
ich schreibe Dir an einen scheußlichen Ort, einen Ort, an dem du jetzt leben mußt. Eine ganze Zeit leben mußt. Aber ich weiß, daß Du stark bist und daß Du es schaffen wirst, nicht wahr? Es dauert nicht ewig, nichts dauert ewig.

Denk Dir einfach, du wärst bei der Bundeswehr, die Jungs in der Grundausbildung können abends auch nicht raus. Trainiere Deinen Körper und Deinen Geist, wann immer es geht. Und verteidige Dich. Halt einmal im Leben Deine große Klappe und verteidige Dich nur.

Ich hab mit Deinem Anwalt gesprochen, und das Urteil ist wohl ganz okay - besser konntest Du nicht wegkommen.

Ich wünschte, ich wäre dagewesen. Vielleicht hätte ich etwas ändern können. Aber das ist jetzt wohl egal.

Katharina hat sich gut eingelebt, ich habe mit der Internatsleiterin gesprochen. Hast Du schon einmal erlebt, daß Katharina sich irgendwo gut einlebt? Wahrscheinlich lauert sie nur auf eine Gelegenheit, da rauszukommen. Manchmal seid ihr Euch sehr ähnlich, weißt Du das?

Ich muß jetzt schließen, schreibe aber bald wieder. Paß auf Dich auf - so gut das eben geht.

Dein Bruder Frank.

Es gibt auch schöne Tage. Tim hat im Kunstunterricht einen Drachen gebaut, und den wollen wir steigen lassen. Ich halte ihn, er läuft los, und sobald er ruft, soll ich den Drachen in die Luft werfen. Er hat einen lachenden Mund, zwei Augen und einen langen Schwanz mit Schleifen dran. Tim sagt, er hätte lieber einen Batman-Drachen gebaut, aber unsere Lehrerin hat ihn nicht gelassen.

»Laß los, laß los. Katharina, du träumst ja.«

Ich werfe den Drachen in die Luft, so hoch ich kann, doch er kracht gleich auf den Boden. Tim kommt zu mir zurück und wickelt dabei die Schnur auf. »Noch mal. Wenn ich anfange zu laufen, dann mußt du ihn hochwerfen.« Er rückt seine Brille gerade.

»Ich weiß.«

»Los dann.« Er geht wieder ein Stück weg, spannt die Schnur und fängt an zu rennen. »Jetzt, jetzt.«

Ich werfe den Drachen und tatsächlich, er erhebt sich, schlingert, will wieder zu Boden stürzen, doch Tim zieht wie verrückt an der Schnur, und er geht hoch in die Luft.

Tim bleibt stehen und schreit triumphierend. Ich muß ihn ansehen und freue mich für ihn. Seine Mutter hat sich vor einen Zug geworfen, und sein Vater beachtet ihn nicht, aber er hat einen Drachen, und den hat er in die Luft bekommen.

Pauls Drachen waren verschwunden. Er hatte sie auf einem Regal in seinem Zimmer gesammelt, doch eines Tages waren sie weg.

Frank lief durchs Haus, fragte uns, ob wir unsere Hausaufgaben gemacht hätten, und sagte dem Mädchen, was wir essen wollten. Dann kontrollierte er, ob sie Staub geputzt hatte.

Paul brachte das um. Er konnte sich mit Frank nicht prügeln, weil Frank schon ein Auge verloren hatte wegen ihm. Er wurde weiß vor Wut und schrie: »Du kannst dir deine beschissenen Hausaufgaben sonstwohin stecken«, aber dagegen tun konnte er nichts. Er wurde jetzt immer öfter von der Schule nach Hause geschickt. Manchmal kam er auch nachts nicht nach Hause.

»Du bist nicht mein Vater.« Ich war auch manchmal furchtbar wütend auf Frank.

»Solange er nicht da ist, muß das jemand machen.« »Er« war mein Vater. Frank nannte ihn nicht mehr anders.

Mein Vater war die meiste Zeit nicht da, wahrscheinlich bei der Freundin meiner Mutter. Als er sie noch mit ins Haus bringen durfte, hatten wir ihn öfter gesehen. Nicht, daß ich ihn vermißt hätte. Aber vielleicht hätte Frank dann aufgehört, sich so idiotisch zu benehmen. Ich ging nach der Schule mit zu Tim, damit ich nicht so früh nach Hause kam. Irgendwie versuchten wir alle, nicht zu früh nach Hause zu kommen.

Diese Nacht hörte ich Paul. Er kam lärmend die Treppe hoch und sang. Es polterte, und ich sah, wie Licht auf dem Flur anging. Paul lallte und sang, dazwischen hörte ich Franks Stimme. Leise stand ich auf und schlich zur Tür.

Mein Vater schlief drüben, bei ihr. Das konnte er, nachdem ihr Mann ausgezogen war. Sie waren jetzt seine neue Familie. Mit richtiger Mutter und so.

Paul stand auf dem Treppenabsatz und summte ein Lied, während Frank ihn am Arm zog. Paul riß seinen Ärmel frei und lallte. In letzter Sekunde hielt er sich am Treppengeländer fest, sonst wäre er wohl die Stufen hinuntergefallen. Frank redete auf ihn ein. Ich konnte nicht verstehen, was er sagte, denn er redete sehr leise. »Ja, ja, schon gut«, antwortete Paul und ließ sich von ihm mitziehen. Er fing an zu lachen.

Als Frank zu Pauls Zimmer ging, begegnete er meinem Blick. Sekunden blieb er stehen, und ich sah die Angst in seinem Gesicht. Dann senkte er die Augen.

Ich wußte, was er meinte. Ich schloß die Tür, kniete mich neben mein Bett und betete für Paul, der doch erst elf war und es nicht ertragen konnte. Ich betete um einen Drachen für Paul.

Lieber Paul,
wie geht es Dir?

Zigaretten kann ich Dir schicken, aber die Gefängnisverwaltung will nicht, daß die Gefangenen zuviel Geld bekommen. Du würdest ja verdienen, haben sie mir gesagt.

Von Katharina habe ich nichts gehört, aber ich kann Dir ihre Adresse geben. Vielleicht antwortet sie Dir.

Dein Bruder Frank.

Ich brauche Geld, Geld für Paul. Ich frage Genna, und sie gibt mir welches. Selbst Nissa frage ich.

»Warum hast du nie geantwortet?« Paul sitzt auf meinem Sofa und raucht.

Ich weiß es nicht. Das sage ich ihm.

»Frank hat dir weiter geschrieben?«

»Ja, eine ganze Zeit. Dann wurden die Briefe seltener, hörten schließlich auf.«

Paul zieht an seiner Zigarette. Er starrt auf eine Skizze, die auf dem Boden liegt. »Du bist gut«, sagt er. »Könnte 'ne Heuschrecke sein.«

»Naturskizzen. Kommen auf meiner Beliebtheitsskala gleich nach Obstkörben.«

Er geht nicht darauf ein. »Gibt es hier überhaupt solche Heuschrecken?«

Ich zucke mit den Schultern. »Hast du ihm geschrieben?«

»Ja, ein paarmal. Hauptsächlich, wenn ich etwas brauchte. Zigaretten und so.«

»Hat er dich besucht?«

»Nein, nie.«

Da war es wieder. Verantwortung übernehmen aus der Ferne, das ja. Die Hand herunterstrecken aus dem Himmel und sagen: Ich bin da, und doch keine Berührung. Keine Rettung. Mein Gott würde die Hand ergreifen, die aus dem Wasser zu ihm aufragt, ganz fest ums Handgelenk würde er sie packen, um nicht mehr loszulassen.

»Frank hatte so welche, nicht wahr?« Paul nimmt die Skizze in die Hand, in der anderen hält er seine Zigarette. »In so einem kleinen Glaskasten. Die haben immer Eier gelegt, und wir haben ihm nicht geglaubt. Dann sind sie rausgeschlüpft, Hunderte.«

»Ja.« Ich will nicht hören, was Frank mit ihnen getan hat. Ich will nicht, daß er es sagt.

»Hast du die Briefe gelesen, die Frank dir geschrieben hat?« Er betrachtet weiter das Bild.

»Ja.«

»Dann wußtest du, wo ich war.«

Ich nicke und schenke mir noch etwas Wein ein.

»Du bist schon komisch, weißt du das?«

»Was wäre denn passiert«, sage ich wütend, »wenn du morgens aus deinem Schlafsaal gekommen wärst, und jemand hätte dich gefragt, ob du gut geschlafen hast. Und dann hättest du gesagt, nein, habe ich nicht, und dieser Jemand hätte dir zugehört, und du hättest nicht mehr aufgehört zu reden und zu reden. Und abends hättest du in demselben Bett gelegen, in derselben Dunkelheit und hättest weitergeredet in deinem Kopf, weil niemand mehr dagewesen wäre, um dir zuzuhören. Franks Briefe waren immer nur diese Frage.«

»Und doch redest du und redest.« Er wedelt mit dem Bild.

»Ja«, antworte ich trotzig, »aber niemand kann mich verstehen.«

»Er hat sie in die Toilette gespült. Alle auf einmal. Manche paddelten noch nach dem dritten Mal Spülen auf dem Wasser herum.« Paul sieht mich an, die Skizze in seiner Hand.

»Morgen«, sage ich und stehe auf, »bist du weg.«

»Und dann willst du nie wieder von mir hören.«

»Nicht nötig.« Ich räume den vollen Aschenbecher ab. »Du sollst nur keine Fragen mehr stellen.«

Sie hatten Paul abgeholt. Einfach mitgenommen. Sie hatten ihn betrunken auf der Straße erwischt, und unser Vater mußte wieder rüberziehen zu uns.

»Das macht er nur, um die Behörden zu beruhigen«, sagte Frank.

Die Behörden hatten meinem Vater erklärt, daß wir nicht allein im Haus wohnen dürften; das Mädchen zählte nicht. Und so kam er wieder zu uns, aber das mit Paul hörte nicht auf.

Er hat sich so gewehrt, als sie ihn holten, daß mir fast das Herz stehengeblieben wäre. Ich erinnerte mich an den Blick, als sie ihn geschlagen hatte, den Blick, als er sich wegen ihr geprügelt hatte. Als sie ihn abholten, hatte er wieder diesen Blick, der so weh tat, daß man sich vor Kummer übergeben wollte.

Ich ging durch sein leeres Zimmer und dachte an seine Augen. Ich konnte nicht zur Toilette gehen nachts, wenn mich seine Augen nicht mehr bewachten. Es gab kein Bild mehr von mir in unserem Haus, Ken war weg und Paul hatten sie abgeholt.

Es gab nur noch mich, meinen Atem und die Welt, die riesig war. Ich setzte mich auf den Boden in Pauls Zimmer und starrte an die leere Wand.

Da waren vier Klebestreifen, die zeigten, wo das Fußballbild gehangen hatte. Wenn alle weggingen und ich konnte sie nicht festhalten, dann ging es vielleicht darum, auch zu verschwinden. Ich beobachtete die Klebestreifen, die sich nicht bewegten.

Einiges blieb. Spuren blieben. Spuren von Paul.

»Nein, das verstehe ich nicht.« Henning steht mit dem Rücken zu mir, die Hände verschränkt. »Ein Bruder, von dem du mir nicht mal erzählt hast, von dessen Existenz ich bis vor kurzem nicht wußte und der im Gefängnis gesessen hat. Wolltest du ihn dem Dekan vorstellen?«

»Ich wollte ihm Geld geben, damit er geht.«

Henning dreht sich zu mir um und hebt die Hände. »Sieh mal, Katharina, du wolltest nie über deine Familie reden. Ich will nichts über deine Familie wissen. Ich will dich malen. Ich will, daß du malst. Ich bin deine Familie. Das ist unsere Welt.«

»Er brauchte Geld«, beharre ich.

Er dreht sich wieder um. »Gib ihm ein Bild von mir.«

»Ein Bild? Was soll er mit einem Bild?«

»Es verkaufen. Was sonst.«

»Ich hab dir doch gesagt, er ist schon wieder weg.« Ein Bild für Paul, vielleicht eines aus dem Sagenzyklus, den Henning so liebt. Vielleicht eines von mir, dessen Signatur falsch ist und das sich auf diese Weise besser verkauft. Paul mit seinen harten Händen, einen Rahmen umklammernd. Ein echter Overland. Es ist fast zum Lachen.

»Katharina.« Henning tritt hinter mich. »Was soll dieser Streit?« Er blickt mir über die Schulter und betrachtet das Bild vor mir. »Und was soll das?«

Rote, kräftige Farben, schreiende Formen, die reden und reden und nicht mehr aufhören können, von kleinen Jungen und Schlafsälen, Gewalt und Wut und wie es ist, hinter Gitter zu leben. Keine Spur Wasser, kein Blau, nicht mal, um damit zu mischen. Ich fühle mich lebendig wie nie.

»Das ist wirr. Das hat keinen Stil.«

Ich nehme Rot, viel Rot, schmieriges, öliges Rot und

ziehe es über die Körper, die Stäbe, die Welt. Ich zeichne kleine Augen, Federn, eine Zielscheibe mit einem Auge in der Mitte.

Er wird ärgerlich. »Katharina, was soll das?«

Paul ist weg und hat mich nicht mitgenommen. Nie nimmt er mich mit zum Spielen. Und gleich kommt meine Mutter und sagt, ich soll nach drinnen kommen. Ich darf nicht draußen bleiben in dem Rot, in dem meine Haare nicht trocknen. Aber ich will dableiben. Draußen, wo Paul ist. Paul ist das Tier, das jagt und nur in seine Höhle zurückkommt, um zu schlafen.

»Katharina!«

Mit dem Handrücken wische ich mir die Tränen ab. Meine Finger sind rot. Ich möchte schreien, denn Schreien tut gut, hat Frank geschrieben. Frank, der immer nur leise gesprochen hat. Außer in der Küche, außer mit meinem Vater. Was hat er gesagt? Was hat er zu meinem Vater gesagt?

»Katharina, ich rede mit dir!« Henning schüttelt meinen Arm.

Ich keuche, blicke auf und will, daß er weggeht. Ich will allein sein und mein Bild malen.

Er küßt meine Wangen, meine Stirn, meine Lippen. »Liebling, warum antwortest du nicht?« Seine Küsse werden drängender, und er drückt mich an sich.

Was hat Frank zu meinem Vater gesagt? Warum durfte Paul draußen bleiben, und Tim sagte zu Paul... sagte zu Paul...

»Katharina.« Hennings Stimme ist feierlich. Er hält mich auf Armeslänge von sich weg, um mir ins Gesicht sehen zu können. »Katharina, willst du mich heiraten?«

»Was?« Ich bin wie betäubt.

»Ob du meine Frau werden willst?«

Ich weiß nicht, was ich sagen soll. Ich starre auf meine roten Finger, die naß sind wie von Blut. »Ich? Dich heiraten?«

Er nimmt mein Gesicht in beide Hände und wartet, bis ich ihn ansehe. Er stellt sich zwischen mich und die Staffelei und nimmt mir zärtlich den Pinsel aus der Hand. »Willst du mich heiraten?«

Ich sehe in seine Augen, die wie die von Paul sind. Jetzt wirken sie zahm, gebändigte Leidenschaft und kalt wie die See. Ich fühle mich klein und geborgen. Er streicht mir über den Kopf. Meine Mutter trocknet meine Haare, und ich genieße die Berührung, höre ihre Stimme, die mich sanft ausschimpft. Ich muß nicht draußen sein, so ganz allein. Ich muß nicht draußen sein wie Paul. Komm herein, Katharina. So, jetzt ist es schön warm. Willst du eine heiße Milch?

»Ja«, höre ich mich sagen.

Lieber Paul,
draußen regnet es, und ich habe ein paar Minuten Zeit, Dir einige Zeilen zu schreiben.

Wie geht es Dir? Die Anstaltsleitung hat mir von einer Schlägerei berichtet? Du bist jetzt allein in einer Zelle, haben sie mir gesagt.

Ich auch. Ich meine, nicht so wie Du, weil, ich kann ja raus und so. Aber ich weiß, wie es Dir geht.

Ich trage eine Art Uniform der Wachgesellschaft, sieht gut aus. Schade, daß ich kein Bild habe. Vor mir muß allerdings niemand salutieren: Geht alles um Schulterklappen, Streifen und Sterne, weißt Du? Kann man alles schon von außen erkennen. Und alle schreien: Das viele Schreien tut gut; man weiß, worum es geht.

Ich treibe viel Sport.

Katharina hat noch nicht geschrieben, und ich denke, das tut sie auch nicht mehr. Ich habe Euch im Stich gelassen, das weiß ich jetzt. Euch nicht die Wahrheit gesagt. Ich mache ihr keine Vorwürfe, unserer Mutter, meine ich. In ihren Briefen hat sie sich nach Euch erkundigt. Das ist nicht viel, ich weiß.

Gestern ist etwas passiert...

Paul, wenn Du rauskommst, mußt Du Katharina finden und sehen, wie es ihr geht. Nach dem Internat wollte sie studieren, Kunst studieren, hat mir die Internatsleitung gesagt. Vielleicht hat sie irgendwem ihre Adresse gegeben. Gib ihr den Brief hier. Katharina weiß von mir.

Katharina, manche Menschen malen auf Papier, andere nicht. Es ist egal, worauf wir schreiben, Hauptsache, wir tun etwas. Ungefähr so, erinnerst Du dich? Es ist nicht egal. Weiß Gott, daß es das nicht ist. Ich wäre ein guter Soldat geworden, auch mit dem einen Auge. Aber gestern...

Ich kann den Spiegeln nicht mehr aus dem Weg gehen, verstehst Du, was ich meine, Katharina? Es ist in mir.

Ich weiß noch nicht, was ich tun werde. Weggehen vielleicht. Ich werde es bekämpfen. Mit einem Auge muß man besser sein als die anderen, genauer zielen, und ich werde es erwischen.

Lebt wohl und haltet beide die Ohren steif,

Euer Bruder Frank.

Niemand von meiner Familie war da, natürlich nicht, aber der ganze Kurs und Genna und ein paar Professoren. Wir waren Italienisch essen und tranken viel Wein.

Jetzt, in der Nacht, höre ich sein Stöhnen an meinem Ohr, fühle sein Gewicht auf mir und denke: Ich bin seine Frau.

Ein Ring an meinem Finger und Nissa, die ihre Nase hochzog und mich umarmte und mir Glück wünschte.

Ich schaute zu Genna, die aufmunternd lächelte und das Victory-Zeichen machte. Ich muß die Kurse wechseln. Ich kann mich wohl kaum von meinem eigenen Mann unterrichten lassen. Es wird viel nachzuholen sein, und ich kenne fast niemanden.

»Katharina ist meine Muse«, hörte ich Henning stolz zu einem Kollegen sagen.

In meinen Ohren dröhnt das Wort mit jedem seiner Stöße: Muse, Muse, Muse. Klingt wie Möse.

»Du hast hoffentlich nicht deinen Vater geheiratet.« Genna zog mich am Arm weg von den anderen Gästen.

Ich mußte lachen. »Du kanntest meinen Vater nicht.«

»Nein.« Sie zündete sich eine Zigarette an. »Das tut gut. Verstehe ich nicht, wie ihr ein Restaurant aussuchen konntet, in dem man nicht rauchen darf.« Genießerisch blies sie den Rauch aus und wurde kurz darauf wieder ernst. »Bist du glücklich?«

»Bist du glücklich?« Henning nuschelt an meinem Ohr. Sein Gewicht raubt mir fast den Atem.

»Ja«, sage ich, und es klingt wie ein Stöhnen. Er beginnt wieder, sich auf mir zu bewegen.

»Ich weiß es nicht«, habe ich Genna geantwortet.

»Du weißt es nicht?«

»Ich fühle mich wie betäubt. Vielleicht ist das Glück.«

»Sicher nicht, mein Schatz.« Genna betrachtete mich mißtrauisch. »Das hört sich für mich an wie ein klassischer Knockout.«

»Katharina, mein Liebling.« Seine Bewegungen werden schneller, und ich versuche, mich zu konzentrieren.

Ein Knockout? Was hat sie damit gemeint?

»Ein Knockout? Was meinst du damit?« fragte ich Genna.

»Katharina, mein Liebling, kommst du?« Henning winkte mir zu.

Seit seinem Heiratsantrag nennt er mich immer öfter »Liebling«. Ich kann noch nicht einmal sagen, ob mir das gefällt.

»Wir reden später.« Ich zwinkerte Genna zu und versuchte munter auszusehen. In meinem Rücken merke ich ihren sorgenvollen Blick.

Ich spüre seine Fingernägel in meinem Rücken, als er sich mit geschlossenen Augen aufbäumt und kommt. Interessiert betrachte ich sein Gesicht. Im Augenblick höchster Ekstase sieht er gequält aus, leidend. Ich versuche, mir seinen Ausdruck zu merken und später in einem Bild zu verwenden. Vielleicht ein religiöses Gemälde. Vielleicht eine Kreuzigung.

Er läßt sich neben mich sinken. Schweiß rinnt über sein Gesicht. Plötzlich sieht er mitleiderregend alt aus. Er ist jetzt mein Mann.

»Und? War es schön?« Er weiß, daß ich es hasse, wenn er Fragen stellt.

»Ja«, sage ich und schließe die Augen.

Das letzte Blatt in dem Bündel, das Paul mir gegeben hat, ist kein Brief mehr. Ich nehme das gefaltete Papier, das schon ganz vergilbt ist, und klappe es auf.

Meine Hand zittert. Ich lege das Bild auf den Tisch, mache mir einen Tee und denke nach. Ein leeres Zimmer fällt mir ein, immer nur leere Zimmer, und Tims Lachen: Es war nicht alles nur schrecklich, und es war nicht alles nur so, wie es jetzt scheint. Vielleicht habe ich sie beide verkannt, meine Brüder, die sich schließlich doch noch verabschiedet haben.

Es ist besser, es zu wissen, nicht wahr? Es ist besser zu wissen, warum man verlassen wird.

Ich denke an Frank und Paul, sehe sie toben im Garten, während ich an meiner Wassersuppe nippe. Ich war die Gefangene, und sie waren meine großen Brüder. Vielleicht gab es doch damals so etwas wie Zärtlichkeit. Gefangen zu sein ist schließlich auch eine Art von Sicherheit.

Mit dem Tee in der Hand wage ich mich zurück ins Zimmer, nehme das Blatt wieder hoch. Es war eine Welt, in der Hunde keine roten Flecken haben konnten. Aber es war auch eine Welt, die man ausmalen konnte, bis alles um einen herum verschwand. Malen war Macht. Und von der braunen Welt mit seinem braunen Hund kann ich noch immer die Nase sehen.

Es ist nicht leicht, es ihm recht zu machen. Mit Farben versuche ich, meinen Haushalt zu führen, in den Tönen, die ich gelernt habe, wenn die Sonne aufgeht. Und ich sehe viele aufgehen in diesen Tagen, vielleicht alle. Aber es ist schwer, wenn sein und mein nicht mehr zu unterscheiden ist, ich nichts mehr finde, in seiner Leinwand stehe. Es gibt nur noch die Stunden morgens, die Ruhe, die nicht seine ist, die aber seine wird, sobald ich sie aufs Papier bringe.

»Hier noch ein paar Striche, siehst du? So ist es schon besser. Nein, nein, das meine ich nicht. Gib mir mal.«

Dann drückt er mir den Pinsel wieder in die Hand, und ich stehe da wie geschlagen.

»Nun stell dich doch nicht so an, Katharina.«

Und ich suche nach Themen, die er nicht versteht, die er nicht kennt, einen Winkel, in den er mir nicht folgen kann. Ist das die Ehe? Ein Versteckspiel?

Nach einer Weile ist nichts mehr sicher, und es gibt keine Insel mehr, keinen Fleck, auf den ich mich zurückziehen könnte. Alles ist Malen, alles Farbe, und er ist der Lehrer.

»Das soll eine Quiche sein? Nun ja, ich habe schließlich nicht geheiratet, weil du kochen kannst, nicht wahr, Liebling?«

Nein, weil ich malen kann. Kann ich das wirklich? Hennings Lob ist nichts mehr wert. Er ist mein Mann, was sollte er schon sagen?

Es ist heiß, und ich nehme Farben, die er haßt. Aber auch die verstehen sich gut mit seinem Verkaufsgenie. Nie wieder Blumen malen, nie über die Linien von einem Menschen schreiben.

Wie lange noch?

Wenn ich die Augen schließe, male ich unbewegte Landschaften und glückliche Stille. Hinter meinen Augen ist es ruhig, aber um zu malen, muß ich sehen können, oder nicht?

Es schwimmt weg, mein Bild, vor meinen geschlossenen Augen schwimmt es weg, und es gibt nichts, was ich dagegen tun könnte.

Es gibt keinen Grund, ihm nicht zu trauen.

»Deine Linienführung muß besser werden. Du klammerst dich an den Pinsel, siehst du? So. Lockerer. Mein Gott, Katharina, man könnte meinen, du malst um dein Leben.«

Ich versuche mich zu entspannen. »Professor Kastner sagt...«

»Was sagt er?« Hennings Stimme klingt spöttisch.

»Er sagt, meine Linien sind in Ordnung. Ich solle die Farbgebung noch einmal überdenken.«

»So?« Jetzt ist seine Stimme eisig. »Und wem glaubst du? Diesem Kastner oder deinem eigenen Mann?«

»Henning«, versuche ich ihn zu beschwichtigen. »Er beurteilt mich. Er ist mein Lehrer.«

»Nein.« Henning packt meinen Arm, und sein Griff tut mir weh. »Du studierst bei ihm, dein Lehrer bin ich.«

»Mein Arm...«

»Herrgott noch mal.« Er läßt meinen Arm los. »Ich verstehe nicht, wie jemand mir verbieten kann, dich zu unterrichten. Man sieht doch, was dabei herauskommt. Du bist verwirrt.« Auf meinem Oberarm zeichnen sich vier rote Punkte ab, Linienführung und Farbgebung einmal außer acht gelassen.

Er ist wütend. Streicht hinter meinem Rücken herum wie ein Tiger. Ich kann seinen Atem in meinem Nacken spüren. Geklapper von Geschirr, dann ein Fluchen. Der Pinsel in meiner Hand zittert.

»Laß nur, Henning, ich komme gleich.«

Daß man auch nie etwas finden könne in diesem Haushalt, was ich den ganzen Tag über tun würde, er könne sich nicht konzentrieren, nicht mehr malen und wovon wir in Gottes Namen denn eigentlich leben wollten.

Ich versuche, mich auf die Farben zu konzentrieren. Blau, helles Blau mit einer Spur Gelb. Hinter mir ein Scheppern. Ich mische das Blau dunkler. Ein Bild kommt mir in den Sinn, »Die Wasserbabys« von H.P. Jackson und darunter die Zeile: »Down to the sea, down to the sea.« Silberglänzende Fische in einem Sog von Blau, in den Wellen die Kinder, die hinabgezogen werden.

»Katharina? Entschuldige, daß ich dich stören muß, aber hast du zufällig...«

»Ich komme gleich, Henning.« Mein Pinsel erstarrt über der Leinwand.

»Ich will dich wirklich nicht stören, aber ich muß gleich los und komme eigentlich sowieso schon zu spät.«

»Schon gut.« Ich lege den Pinsel beiseite und folge ihm.

Als ich zurückkomme, hat sich das Bild verändert. Die Szene ist noch dieselbe: ein Raum, zwei Figuren, ein Tisch mit einem Kuchen, gefliester Boden. Sehr abstrakt, nur angedeutet in Linien, die Professor Kastner mag und Henning nicht. Doch unten, im Schatten des Tisches, ist ein dunkelblauer Fleck, von dem ich schwören könnte, daß ich ihn nicht gemalt habe. Ich trete näher an das Bild und spüre die Tiefe. Meine Finger berühren vorsichtig die Leinwand, gehen nicht hindurch, verschwimmen nicht. Ich betrachte meine blauen Fingerkuppen. Im schwarzen Blau der Wasserbabys glänzen silbern die Fische.

Es gibt noch etwas über Paul und mich, etwas, das niemand wissen darf und das ich keiner Menschenseele erzählt habe. Das ich meinem Mann nie erzählen werde.

Ich liege neben Henning, höre sein tiefes Atmen und starre an die Decke. Von draußen dringt Licht ins Fenster, und ich kann den Umriß der Deckenlampe sehen. Sie ist mir vertraut, an Hennings Ohr vorbei, durch seine feuchten Haare und sein Stöhnen.

Die Heuschrecken sind weg: Paul hat sie mitgenommen.

»Und dann willst du nie wieder von mir hören«, sagte er, und seine blauen Augen waren wie Dämonen.

»Nicht nötig«, habe ich geantwortet. »Du sollst nur keine Fragen mehr stellen.«

Vorsichtig legte er die Zeichnung mit der Heuschrekke auf den Boden. »Du mußt sie loswerden, sie vergessen.«

»Die Heuschrecken?«

»Die auch.«

Ich hielt mitten in der Bewegung inne, den ausgeleerten Aschenbecher in der Hand. Tränen liefen mir die Wangen herunter, lächerliche Tränen, die Jahre zu spät kamen.

Paul trat zu mir. »Mußt doch nicht weinen«, sagte er. »Im Gefängnis, da kommen sie dir abhanden. Verschwinden wie die Gespenster, und das ist gut so. Ich grabe sie auch nicht mehr aus. Sie sollen tot bleiben.«

»Ja«, sagte ich und mußte fast lachen über das Schluchzen in meiner Stimme.

Er strich mir über die Wange, seine Finger krochen über mein Haar bis in den Nacken.

»Ich muß immer an die Heuschrecken denken«, sagte

ich, während er meine nassen Wangen liebkoste, »wie sie weggespült wurden von Frank.«

»Ja«, sagte er. Er verstand mich. Heuschrecken an den dunklen Mauern, den Eisenstäben, unter den Schuhen beim Rundgang im Hof. »Laß sie frei«, flüsterte er.

Ich sah seine Dämonenaugen, roch seinen Geruch, der nicht der seiner Kindheit war, und spürte seinen Atem. Wir standen dicht aneinandergepreßt, um uns herum silbrig glänzende Panzer und tausendfache Augen unter zitternden Fühlern.

Ich lehnte meinen Kopf zurück und lauschte seinen Worten, während seine Hände die Heuschrecken von meinem Körper jagten.

Ich will nur noch den Sturm malen, der in unserem Haushalt herrscht und der mich immer weiter wegtreibt. Henning ist durch nichts mehr zufriedenzustellen: Seine eigene Malerei mißlingt ihm, und er gibt mir die Schuld.

Es ist schwer für ihn, und ich versuche ihn zu unterstützen, wo ich nur kann, gehe zu Empfängen und Eröffnungen, ziehe mich hübsch an und beantworte Fragen wie: »Oh, Sie malen auch?«

Ein Glas Sekt oder Punsch in der Hand, antworte ich: »Ja, ein bißchen«, oder lächele vielsagend und komme mir tapfer vor.

Es ist eine Zeitreise: ins Amerika der Zwanziger, mit einem Perlmuttkäppi auf den kurzgeschnittenen Haaren, die erste verwegene Zigarette in der Hand. Die Kinderschritte der Emanzipation gerade ohne Schrammen überstanden und stolz auf die Salons, in denen man sich »Malerin« nennen darf. Flapperleben.

»In welcher Zeit leben wir?« frage ich meinen Mann.

»In unserer«, antwortet er.

Ich bin mir nicht mehr sicher. Die Wasserbabys waren erst der Anfang. Die Stürme, die über meine Leinwand toben, verkaufen sich unter Hennings Namen. Er gibt mir Tips, zeigt hierhin und dorthin, und ich folge ihm, weil es ihn inspiriert, er wieder malen kann und danach Ruhe ist.

Die Ruhe, das ist das schönste. Wenn wir zusammen essen, mit Kerzen auf dem Tisch, uns unterhalten und er viel auf meine Meinung gibt. Meist lieben wir uns danach. So würde ich leben wollen: ohne die vielen Farben, nur als Frau, die mit ihrem Mann ißt, und vielleicht ein paar Kinder.

Henning hat sich vor Jahren sterilisieren lassen.

Am nächsten Morgen ist es sein verlegtes Jackett, das ihn aufbrechen läßt wie einen reifen Pfirsich. Er schreit, und ich helfe ihm suchen. Als die Tür hinter ihm zugefallen ist, zittert meine Hand, und ich male den Wind, der immer wieder meine Gedanken wegfegt und mich hintreibt zum Strand.

»Katharina«, flüstert er abends in mein Haar, und ich wache auf, frage, wie sein Tag war, und mache uns etwas zu essen.

Meine Kurse an der Universität habe ich aufgegeben. Was nützt mir ein Abschluß, wenn ich den besten aller Maler im Haus habe? Die Bilder verkaufen sich: Das ist der Erfolg. Er gibt mir recht in meiner Entscheidung. Alles was ich brauche, ist etwas mehr Ruhe, um malen zu können, etwas mehr Ruhe.

Meine Bilder malen sich wie von selbst. Manchmal reißen sie mich fort, und wenn ich dann im Spiegel nach mir sehe, blickt mir eine Irre entgegen, mit aufgelöstem Haar und Spuren von Farbe quer über das ganze Gesicht.

»So, Kath«, sage ich dann, »jetzt ist es soweit.«

Abends jedoch mache ich mich bereit für die Einladung, zu der ich meinen Mann begleite.

Henning macht mir ein Geschenk, küßt meine nackte Schulter und sagt mir, wie schön ich bin und wie stolz er auf mich ist. Ich erinnere mich an mein Gesicht im Spiegel, kaum zwei Stunden zuvor; darauf wäre er nicht sonderlich stolz.

Bei dem Empfang ist auch Nissa, es ist ihre erste eigene Ausstellung. Sie schnieft und niest neben mir.

»Haben Sie sich erkältet?« fragt die Gastgeberin mit riesigen Augen.

»Nein«, nuschelt Nissa, »das ist chronisch.«

»Tja«, sage ich und stoße mich von der Wand ab, »der Schleim muß raus, egal, wo man ist, und da hilft auch keine Operation: Das Zeug sitzt fest.« Damit lasse ich sie stehen und suche mir einen Drink.

Ich werde angesprochen, von Männern, die fragen, ob ich Henning Overlands Frau sei und wie es so ist, mit einem so bedeutenden Künstler verheiratet zu sein.

»Es ist entsetzlich«, sage ich, und sie lachen und wollen mir noch mehr zu trinken holen.

»Katharina, hier steckst du!« Henning ist gut gelaunt und legt seinen Arm um meine Schulter.

»Darf ich vorstellen? Mein Mann, Herr...« Ich deute auf den Herrn mir gegenüber, und die Männer stellen sich vor. »Es ist mir eine Ehre.«

Manchmal stehen Spiegel in den Salons, man kann ihnen nicht immer aus dem Weg gehen, und wenn ich nicht aufpasse, sehe ich eine fremde, schöne Frau, die neben einem alten Mann steht, der den Arm um sie gelegt hat. Sie ist ein bißchen nervös und viel zu dünn, aber wahrscheinlich ist sie stolz auf ihre Figur. Sie hat ausgeprägte Wangenknochen, die von ihren hochgesteckten Haaren noch betont werden, und ihre Augen sind groß und rund und glänzen wie im Fieber. Ihre Haut ist blaß, was modern ist, lange schmale Arme und zarte Hände. Manchmal gibt das hochgeschlitzte Kleid ein Bein frei, das gut geformt ist, wenn auch ein wenig weiß. An dem Finger der rechten Hand trägt sie einen Ehering.

Es wundert mich, daß niemand mit ihr spricht. Wie sie dasteht, so schön und verloren und darauf wartet, daß jemand sie anspricht.

Fast will ich zu ihr hingehen, da fällt mein Blick auf ihren Begleiter, und mich verläßt der Mut. Sie hat ja schon jemanden, mit dem sie hier ist, und ich will die beiden nicht stören. Sie sehen so verliebt aus.

V.

»Es ist genug.« Hennings Gesicht, ich sehe seine Augen dicht vor mir, rieche seinen Atem, sehe seine Bartstoppeln. Er zieht an meinem Arm. »Du mußt aufstehen. Reiß dich zusammen.« Manchmal verachte ich ihn.

Ich mache mich schwer und antworte nicht.

»Verstehst du mich, Katharina? Kannst du mich verstehen?«

Natürlich kann ich hören, was er sagt. Aber verstehen? Nein, verstehen kann ich ihn nicht. Ich will nicht antworten; ich bin zu müde. Es ist schön, so träge zu sein. Sich so schwer zu machen.

»Bist du krank? Soll ich einen Arzt rufen?«

Ich bin schwer, schwer, schwer, und meine Sprache ist müde. Meine Gedanken sind es auch.

Er schüttelt mich, und ich sehe seinen Mund auf und zugehen. Wie bei einem Fisch. Henning, mein Mann Henning hat tote und kalte Augen wie ein Fisch. Ich muß lächeln. Ich will sagen, er soll mich in Ruhe lassen, aber meine Lippen bewegen sich nicht. Ich weiß nicht, ob mich das beunruhigen soll. Ich versuche, mich auf diesen Gedanken zu konzentrieren. Muß ich mir Sorgen machen, wenn ich müde bin und Henning schüttelt mich?

Frank kommt herein. »Was tust du? Es gibt Abendessen.«

Ich antworte nicht und atme.

»Hör auf damit«, sagt er, und es klingt wütend.

Ich versuche, mir das Abendessen vorzustellen. »Merkwürdig«, fällt mir ein, »ich dachte, du wärst weggegangen.«

Er steht da wie verloren, und es tut mir leid, daß ich meinem Bruder gesagt habe, er sei weggegangen. »Bin ich auch«, sagt er schließlich und zuckt mit den Schultern. Dann verformt sich sein Kopf, beginnt sich aufzulösen und wird schwarz. Seine Augen werden riesig. Sein Mund stülpt sich nach vorne, als wollte er mir einen Kinderkuß geben.

»Hallo, Ken«, sage ich.

Ken schüttelt traurig den Kopf. »Was tust du?«

»Was tue ich denn? Ich liege hier.«

»Willst du nicht aufstehen und zum Abendessen gehen? Es gibt Vanillepudding.«

Oh, nein, damit haben sie mich schon öfter gelockt. Vanillepudding ist ein Trick. »Vanillepudding ist ein Trick«, sage ich zu Ken.

»Ich weiß«, antwortet er und beginnt, auf mein Bett zu klettern. »Er ist von mir.« Er kichert. »Gut, nicht?« Ken legt sich neben mich.

»Es geht. Ich bin größer geworden.«

Ken neben mir seufzt. »Was soll ich dir noch sagen? Es gibt nicht mehr viel außer Vanillepudding.«

»Ich habe keinen Hunger.«

»Das macht die Sache schwieriger.« Ken legt seine kleinen schwarzen Finger ineinander und schlägt die Beine übereinander.

Ich muß lächeln. Es sieht aus, als läge er an einem großen Teich und wartete auf einen Fisch, der an seine

Angel geht. Schon wieder Fische. Silberglänzende Fische in einem Sog von Blau. Fische erinnern mich an Henning. »Das ist gut«, sagt Ken.

»Was ist gut?«

»Denk an deinen Fisch.«

»Ich habe keinen Hunger.«

»Das macht die Sache schwieriger«, wiederholt er.

Plötzlich bin ich zu müde, um mit Ken zu reden. »Ich muß jetzt ein wenig schlafen«, sage ich. »Bist du noch da, wenn ich aufwache?«

Ken nickt. »Sieht so aus.«

Beim Einschlafen blinzele ich die schwarze Gestalt neben mir an. »Du bist auch größer geworden«, gähne ich.

»Ja, Kath«, antwortet er mir, »ich bin dein Schattenjäger.«

Das verstehe ich nicht. Silberglänzende Fische. Down to the sea, down to the sea.

Der Nebel lichtet sich nicht, in ihm ruht die Welt. Ich nehme Nahrung zu mir, ich kaue und schlucke, ich gehe zur Toilette. Dann gehe ich zurück in mein Bett. Ich könnte ewig schlafen, glaube ich. Im übrigen denke ich nicht viel.

Henning hat aufgehört, mich zu schütteln. Manchmal steht er vor mir und beobachtet mich. Ich schlage die Augen auf, und da steht er, eine dunkle Gestalt, die auf mich nieder sieht. Es ist unheimlich, und ich versuche, nicht zu atmen.

Genna kommt. Sogar Nissa taucht einmal auf. Genna packt meinen Arm und zieht mich. Sie umarmt mich, aber ich kann sie nicht spüren. Ich kann sie nur riechen.

Sie sieht so traurig aus, und gerne hätte ich sie getröstet, aber es geht nicht. Noch träumen Wald und Wiesen.

Es kommt mir angenehm vor. Alles ist klein. Ich stelle mir Geschichten vor. Geschichten mit Indianern und Piraten, mit entführten schönen Frauen und Männern mit langen Haaren, die sie retten. Es sind die Geschichten meiner Kindheit.

An meine Familie denke ich nicht.

Es ist nicht so, daß ich immer hierbleiben möchte. Ich warte. Ich warte darauf, daß der Schleier fällt. Ich muß nicht beunruhigt sein, und ganz sicher bin ich nicht verrückt. Ich warte, daß der Schleier abfällt von einer veränderten Welt, in die ich hinausspazieren kann. Den Himmel sehen. Den hohen Himmel, unverstellt.

Die gedämpfte Welt. Im warmen Golde fließen.

»Du mußt schreiben«, höre ich durch den Nebel.

Ich habe nichts mehr im Kopf, Onkel Daniel. Wahrscheinlich habe ich jetzt selbst »'nen Vogel auf'm Kopf«. So fühlt es sich wohl an.

»Was habe ich dir gesagt? Nie über die Linie von 'nem Mensch malen.«

Das habe ich nicht. Habe ich das?

»Kath, Kath, ich bin enttäuscht von dir.«

Na gut, vielleicht habe ich das. Von wem? Von Henning?

»Kath, das weißt du doch besser.«

Von Genna? Nissa? Paul? Von Frank nicht. Der hat sich gar nicht dafür interessiert, ob ich ihn malte oder nicht.

»Lenk nicht ab.«

Ich weiß, was du hören willst. Von mir. Von mir selbst.

»Genau. Und was tut man dann? Was tut man, damit man nicht über die Linie von 'nem Menschen malt?«

Ich muß mich verstecken.

»Blödsinn.« Das ist nicht mehr Onkel Daniels Stimme. Es hört sich mehr an wie die Stimme meines Großvaters. Er redet fast nie, nur ganz selten. Und wenn er etwas sagt, muß man ihm zuhören. »Onkel Daniel ist ein Dummkopf. Was habe ich dir gesagt?«

Ich weiß es nicht mehr.

»Doch, du weißt es.«

Nein, wirklich, ich kann mich nicht mehr erinnern. Es ist schon so lange her.

»Denk deine eigenen Gedanken, habe ich dir gesagt. Und was tust du?«

Ich weiß es nicht.

»Kein Mensch weiß, was du da tust. Alle denken, du bist verrückt. So wie deine Großmutter und deine Mutter. Frank war auch nicht besser. Zu labil. Hab ich schon immer gewußt: Der Junge ist einfach zu labil. Und wo ist deine Entschuldigung?«

Welche Entschuldigung? Wofür?

»Verrückt zu werden. Den Spiegeln nicht mehr aus dem Weg gehen zu können. Nenn es, wie du willst.«

Ich bin nicht wie meine Mutter.

»Nein, du bist eine Hexe.«

Genau.

»Genau. Und Hexen werden verbrannt.«

Werden sie nicht. Heutzutage nicht mehr.

»Da wäre ich mir nicht so sicher.« Ich höre sein tiefes, brummiges Lachen. »Die ganze Familie verrückter als ein Rudel tollwütiger Hamster.«

Ich konnte meinen Großvater noch nie leiden.

»Mit was schreibst du?«

Mein Großvater sagt auch »schreiben«, wenn er »malen« meint. Das ist seltsam.

»Mit was?«

Farben natürlich.

»Natürlich. Das ist deine Entschuldigung.«

Quatsch, Farben sind keine Entschuldigung. Farben sind... Ich habe ihn nicht um seine Meinung gebeten.

»Das ist wahr.« Er schweigt, und ich denke schon, er ist gegangen. »Denk an Paul.«

Oh, Himmel, das ist wirklich der letzte Mensch, an den ich denken möchte.

»Denk an Paul und steh auf.«

Nein, die Welt ist noch nicht golden genug, und Paul braucht mich nicht.

»Ohne dich ist er verloren. Ein Rudel tollwütiger Hamster.«

Für Paul?

»Sicher. Weißt du einen besseren Grund?«

Nein.

»Immer noch besser als Vanillepudding.«

Paul ist gefährlich. Wo soll mich das hinführen?

»Ich weiß es nicht, Katharina. Aber zunächst einmal raus aus diesem Bett.«

Sag deinem Bruder... Was soll ich ihm sagen? Ein Drache. Ein Drache für Paul. Es ist kein Drache gekommen.

Na gut, sage ich mir und schlage die Augen auf. Draußen ist es dunkel. Neben mir ist das Bett leer. Vielleicht hat die Welt sich schon verändert. Großvater ist gegangen,

Onkel Daniel ist gegangen. Ich tue es, weil Paul seinen Drachen noch nicht bekommen hat. Den Drachen, den er verdient. Seufzend richte ich mich auf.

Mein Großvater redete nicht viel. Er und meine Großmutter kamen selten zu Besuch, und wenn sie uns besuchten, war meine Mutter ganz verändert. Meistens fuhren sie im Sommer zu meiner Tante, der Schwester meiner Mutter. Sie hatte auch drei Kinder, meine Cousins, keine Mädchen außer mir in der Familie weit und breit.

Jungs sind ja so viel lebendiger, pflegte meine Großmutter zu sagen.

Ihren eigenen Sohn mochte sie nicht. Onkel Daniel ließ sich nicht blicken, wenn meine Großeltern zu Besuch waren, obwohl er doch Mutters Bruder war und auch ein Kind von den beiden. Vielleicht war er als Junge lebendiger, jetzt aber nicht mehr? Und lebendiger als was?

Daß Onkel Daniel nie da war, war schade, denn dann hätte er meine Mutter beobachten können, wie ich es tat, ohne erwischt zu werden.

Wenn meine Großeltern da waren, konnten wir tun und lassen, was wir wollten. Mein Vater schloß sich im Arbeitszimmer ein, meine Mutter achtete nicht auf uns und redete mit meiner Großmutter, mein Großvater saß auf der Veranda und trank Kaffee.

»Ein Mädchen erledigt sich doch von selbst«, hörte ich meine Großmutter sagen. »Denk nur an die arme Eva, die hat drei Jungen, und die sind so viel lebendiger.«

»Ich habe auch zwei Söhne.« Es klang kläglich.

»Ja, aber die sind doch längst aus dem Gröbsten raus. Und Frank ist so vernünftig.«

Ich stellte mich hinter die halbgeöffnete Tür und hörte zu. Ich hatte eine Leidenschaft für halbgeöffnete Türen. Vielleicht war ich besessen, so wie Frank.

»Frank ja.« Meine Mutter verstummte. Das schaffte sonst keiner, meine Mutter verstummen lassen. Nur meine Großmutter konnte das. Sie war sehr mächtig. Und sehr unangenehm.

»Nein, nein, meine Liebe«, begann meine Großmutter von neuem. »Denk nur an Eva, deren Mann verdient halb soviel wie deiner, und sie kommen auch zurecht. Natürlich haben die auch nicht die irrige Idee, daß alle ihre Kinder später mal studieren müssen. Wir haben auch nicht studiert, und aus uns ist trotzdem etwas geworden.«

»Daniel hat studiert.«

»Na, siehst du.« Beide waren ruhig für eine Weile. Ich hörte etwas poltern.

»Doch nicht alle.« Mutters Stimme hatte schon verloren, als sie neu ansetzte. »Nur die Jungen. Heutzutage braucht man das, um weiterzukommen.«

»Schick Frank auf die höhere Schule, Paul macht eine Lehre, und Katharina, nun, das regelt sich immer noch von ganz alleine mit den Mädchen. Allerdings muß sie bis dahin ihre Verrücktheiten ablegen.«

Ich ging weg von der Tür. Ich wußte schon, daß ich verrückt war. Alle sagten mir das immer wieder. In meiner Klasse, Frank. Paul hatte es auch gesagt, bis er merkte, daß es mir nichts ausmachte.

Meine Lehrerin hatte mir für meine Mutter einen Brief mitgegeben, weil ich einen schwarzen Würfel gemalt hatte, und in dem Brief stand, ich sei widerspenstig und eigensinnig. Meine Mutter las ihn mir vor. Wenig später hat die Lehrerin dann persönlich mit meiner Mutter gesprochen und gesagt: Nein, ich sei nicht widerspenstig, sondern nicht ganz einfach.

»Einfach?« hat meine Mutter gefragt.

Sie bildet sich Sachen ein, wie die mit den Farben, hat meine Lehrerin gesagt, und sie kann sich keine Namen merken.

Die Namen, die wichtig waren, konnte ich mir sehr wohl merken.

Meine Mutter hat geweint, als sie nach Hause kam, und mir alles haarklein erzählt. »Deine Lehrerin hält dich für verrückt«, hat sie gesagt, »und langsam glaube ich das auch.«

Da habe ich es dann auch geglaubt und hatte fürchterliche Angst, weil ich nicht wußte, was sie mit verrückten Menschen machen.

Ich habe Onkel Daniel gefragt. »So, so«, hat er festgestellt. »Du bist also verrückt. Tja, Kath, du mußt jetzt ganz genau zuhören, hast du mich verstanden? Menschen, die schreiben, haben ein Versteck.« Onkel Daniel sagte immer noch schreiben, obwohl ich natürlich längst richtig schreiben konnte und wohl wußte, daß ich malte. »Dort können andere Menschen sie nicht finden, böse Menschen wie deine Großmutter. Sonst wirst du immer gefunden werden, dein Leben lang. Deshalb mußt du tapfer sein und dir ein Versteck suchen, Kath, hörst du? Schreiben ist ein gutes Versteck.«

Tränen standen in seinen Augen, und ich war noch mehr beunruhigt, weil ich nicht wußte, was er meinte und warum er darüber so traurig war.

»Bist du traurig über mich, weil ich verrückt bin?« habe ich ihn gefragt.

»Pah«, hat er geschnaubt. »Ich bin traurig über deine Großmutter und deine Mutter. Mächtig traurig.«

Mein Großvater redete nicht viel. Die meiste Zeit saß er auf unserer Veranda und trank Kaffee. Vielleicht dachte er, daß er jetzt lieber bei Tante Eva wäre und ihren lebendigen Jungen. Er sagte nie etwas, auch wenn ich mich einfach vor ihn setzte und ihn anstarrte. Dann starrte er zurück. Er konnte länger starren als ich, und irgendwann gab ich auf und ging wieder ins Haus.

Diesmal starrte ich ihn eine Weile an und sagte dann: »Ich denke, ich bin verrückt.«

Erst sagte er gar nichts und nippte an seinem Kaffee, und ich wollte schon wieder ins Haus gehen, als er doch noch antwortete. »So, denkst du?«

»Ja.« Ich nickte eifrig, weil ich ihn zum Sprechen gebracht hatte.

»Und warum denkst du das?«

»Großmutter hat es gesagt, und Mama. Und Frank. Und die Kinder in meiner Klasse. Paul sagt es, glaube ich, nur, um mich zu ärgern.« Ich überlegte, ob mir noch mehr einfielen.

»Und«, sagte Großvater, »glaubst du immer genau das, was andere dir sagen?«

Das war eine schwierige Frage, und ich mußte erst eine Weile darüber nachdenken, während Großvater weiter an seinem Kaffee nippte und zurückstarrte. »Ich weiß es nicht«, sagte ich schließlich. Ich wußte es wirklich nicht.

»Wenn du das tust, bist du ziemlich dumm, und für dumm habe ich dich nicht gehalten.«

Ich war erstaunt, daß er überhaupt etwas von mir hielt.

Daß er mich überhaupt bemerkt hatte und so einen langen Satz zu mir sagte.

»Onkel Daniel«, begann ich und merkte gleich, daß das ein Fehler war, denn sein Gesicht verdüsterte sich. »Onkel Daniel sagt, ich muß mich verstecken vor Menschen wie Oma. Das hat er gesagt«, führte ich hastig zu Ende.

»Onkel Daniel ist ein Dummkopf.« Mein Großvater brummelte vor sich hin. »Verstecken, das ist typisch für ihn, verstecken.« Dann sagte er gar nichts mehr, und ich dachte, unser Gespräch sei zu Ende und wollte ins Haus, da hielt er mich noch einmal auf. »Katharina«, sagte er, »denk deine eigenen Gedanken. Und deine Großmutter ist verrückter als Scheiße, so wie deine Mutter auch.«

Verrückter als Scheiße! Ich konnte kaum glauben, was ich da von meinem Großvater gehört hatte. Wie betäubt ging ich ins Haus und mußte ein Kichern unterdrücken: Meine Großmutter und meine Mutter verrückter als Scheiße, wer hätte das gedacht. Ich ging in mein Zimmer, freiwillig, und mußte mich erst einmal auf den Teppich legen. Dieser Tag war voller Überraschungen, ich fühlte mich müde und irgendwie merkwürdig, irgendwie... glücklich. Da lag ich nun also auf dem Teppich und dachte an meine scheißeverrückte Großmutter und meine scheißeverrückte Mutter und fühlte mich glücklich.

Wer nicht aufsteht, ist verrückt und wird immer kleiner und kleiner, bis er schließlich verschwindet. Ich habe das gesehen, damals, bei meiner Großmutter, und die war nicht nur verrückter als Scheiße, sondern auch noch bösartig.

Ich weiß gar nicht, wo ich anfangen soll.

Vielleicht suche ich erst einmal einen Drachen. Im Morgenrock hole ich mir eine Milch und gehe in Hennings Arbeitszimmer. Er ist nicht da, und ich setze mich in seinen großen Ledersessel und ziehe die Füße hoch.

Drachen. In seinen Kunstbänden und Lexika finden sich geschuppte Echsen, riesige Seeschlangen, feuerspeiende Reptilien in dunklen Wäldern. Sie werden meist erschlagen.

Marduk tötet Tiamat, Re die Apophisschlange, Zeus den Typhon.

In den Schöpfungsmythen verkörpert der Drache die gottesfeindlichen Mächte: Er hält die Wasser zurück, will Sonne und Mond verschlingen und muß getötet werden, damit die Welt entstehen oder bestehen kann. Scheint so, als wäre er der Gegenspieler Gottes.

Kadmos, Perseus und Jason heißen die Drachenkämpfer in den alten griechischen Sagen.

Das Blut, das aus geschlagenen Wunden auf die tapferen Kämpfer strömt, macht unsterblich. Die Erde, auf die es trifft, wird fruchtbar und reich: Der Mondverschlinger blutet Leben.

Tannin, Leviathan, Rahab, Behemoth.

Interessanter, als ich gedacht habe. Ich mache mir noch eine Tasse Milch warm, esse dazu einen Toast und lese weiter.

Die Drachen des Alten Testaments tragen große Namen. Sie sind Seeschlangen, kalt und glitschig, mit leblosen Augen, in denen das Feuer der Hölle brennt. »Und ein anderes Zeichen erschien am Himmel und siehe: ein großer, feuerroter Drache mit sieben Köpfen und zehn Hörnern und auf seinen Köpfen sieben Kronen, und sein

Schwanz fegte ein Drittel der Sterne des Himmels hinweg und warf sie auf die Erde.« Ein Drache holt Sterne vom Himmel und wirft sie vor uns in den Staub.

Ich blättere in der Bibel und lese vom Untergang der Welt, vom Kampf des Drachens gegen die Engel. Der Drache ist nicht gerade positiv besetzt, soviel ist sicher.

Das viele Kämpfen macht hungrig. In der Küche mache ich mir ein Rührei und esse dazu Butterbrote. Als ich wieder zurück bin, finde ich einige Abbildungen vom Erzengel Michael und dem heiligen Georg im Kampf gegen die große Schlange. Meist blutet der Drache fürchterlich.

Thor bekämpft die Midgardschlange.

Ich lese germanische Mythen, in denen vom Lindwurm die Rede ist. Das Weltuntergangsbild der Edda zeigt zum Schluß den Drachen Nidhögg, der am Fuß der Weltesche haust und an ihren Wurzeln nagt. Siegfried tötet Fafnir und badet im Drachenblut. Germanische Lindwürmer sind nicht so mächtig wie ihre alttestamentarischen Brüder: Sie hocken vor irgendeinem Schatz, bewachen ihn und werden von Beowulf oder Dietrich von Bern erschlagen.

Der Schlangendrachen Muschchusch aus dem Alten Orient hat den geschuppten Leib eines Reptils, Adlerklauen als Vorder- und Löwentatzen als Hinterfüße und einen Skorpionstachel. Bei den Achaimeniden gibt es den Löwendrachen, bei den Sassaniden den Pfauendrachen. Der indische Makara hat die Form eines Reptils mit einer Art Rüssel und ist das Symboltier der Flußgöttin Ganga.

In Ostasien leben die einzigen Menschen, die wirklich glücklich über das Erscheinen eines Drachens sind. Sie bauen ihre Häuser so, daß er ungehindert darüber hinwegfliegen kann.

Ich schaue auf die Stapel aufgeschlagener Bücher, die mich umgeben, und bin enttäuscht. Das ist es nicht. Das sind nicht die Drachen, die ich suche. Ich will keinen glitschigen Wurm, der Jungfrauen raubt, die Erde zum Frühstück verspeist und Sterne erbricht. Aber was suche ich?

Ich denke an Tim. Wie sein Gesicht geleuchtet hat und seine Augen, wenn wir über die Wiese liefen. Wie er gelacht und an seiner Drachenschnur gezogen hat, wie der Wind sein Haar zerzauste.

Dann sehe ich Paul. Auch er braucht einen Drachen. Aber nicht das Gewürm biblischer Bücher. Er braucht einen Drachen, der sein Haar zerzaust und seine Augen leuchten läßt. Einen Drachen, der in Schlafsälen, in Heimen und im Gefängnis kämpft.

Ich habe die Bücher gerade wieder einsortiert, als ich den Schlüssel im Schloß höre. Ich schlüpfe zurück in mein Zimmer ins Bett und schließe gerade die Augen, als Henning die Tür aufmacht. Es ist nicht so, daß ich ihn quälen will: Ich muß nachdenken. Mir eine Geschichte ausdenken. So eine, wie ich sie damals meiner Großmutter erzählt habe, nur mit einem glücklicheren Ende.

Ich muß mir einen Drachen ausdenken, der kommt, um sich zu rächen.

Am Anfang konnte sie noch reden mit ihrem zahnlosen Mund; als sie noch kräftig war, trotz ihres Schlaganfalls. Mein Großvater war schon tot, und alle rechneten damit, daß Tante Eva ihre Mutter aufnehmen würde, doch die dachte gar nicht daran.

»Ich? Bei mir war sie jeden Sommer. Ich hab genug gelitten. Macht doch mit ihr, was ihr wollt.« Damit war das Telefongespräch beendet, und meine Mutter redete nie wieder ein Wort mit ihrer Schwester. In unserer Familie gab es immer jemanden, der mit einem anderen nicht redete, man mußte nur die verschiedenen Konstellationen im Auge behalten.

Meine Mutter machte nicht, was sie wollte, sondern räumte ihr Nähzimmer im ersten Stock und ließ erst ein Krankenbett und dann meine Großmutter kommen.

»Ich kann sie nicht anfassen«, sagte meine Mutter, und mein Vater bestellte eine Krankenschwester.

Onkel Daniel und Tante Eva besuchten sie nicht ein einziges Mal, und am Anfang fand meine Großmutter noch Entschuldigungen für Tante Eva, doch dann gingen sie ihr aus, und sie sprach nicht mehr von ihr. Nun war meine Mutter ihr »einziges Kind«, zumindest, als sie noch sprechen konnte. Später sabberte sie nur noch, und das war eine Erleichterung.

Manchmal wurde ich mit einer Tasse Tee in den düsteren Raum geschickt, in dem die Vorhänge zugezogen waren und in dem es roch. Frank fürchtete sich und wollte nicht hinein, auch, als mein Vater ihn schlug, nicht. Paul machte es ihm nach und bezog ebenfalls Prügel.

Ich brachte der Krankenschwester den Tee und blieb gern noch ein wenig am Bett meiner Großmutter stehen.

Am Anfang wollte sie immer mit mir reden. »Na, mein Kind, kommst du deine arme alte Großmutter besuchen«, obwohl sie doch meinte, ich sollte meine Verrücktheiten ablegen. Ich beobachtete sie und überlegte, wie ich ihre Hautfarbe hinkriegen könnte. Ihr linkes Auge hing viel tiefer als ihr rechtes, und ich malte sie wie ein Monster.

Ich habe Onkel Daniel das Bild gezeigt, der nie reinkommen wollte und nur auf unserer Veranda blieb. Dann erzählte ich ihm, daß sie plötzlich mit mir reden wollte, wo sie doch nie mit mir geredet hatte, immer nur mit Frank und mit Paul.

Onkel Daniel lachte. »Die Letzten werden die Ersten sein«, stellte er fest.

Das sagte ich meiner Großmutter, als sie das nächste Mal »Na, Kind, kommst du deine arme Großmutter besuchen« sagte.

»Die Letzten werden die Ersten sein.«

Das hatte einen irren Erfolg. Sie keuchte und würgte und zeigte mit ihrem krummen Finger so aufgeregt auf mich, daß die Krankenschwester mich aus dem Zimmer schickte. Dabei hatte ich die Tasse Tee noch in der Hand.

Ich ging hinunter zu meiner Mutter, die im Wohnzimmer saß. »Ich glaube, sie will mich nicht mehr sehen«, sagte ich und hielt ihr die Teetasse hin.

Meine Mutter wurde bleich. »Was hast du gesagt?«

Ich sagte meinen Spruch noch mal. Meine Mutter nahm mir die Tasse ab, ihre Hände zitterten. Sie sah mich an, und dann blickte sie weg. Und irgendwie hatte ich das Gefühl, als würde sie sich schämen.

Meine Großmutter schrumpfte. Vor ein paar Wochen war sie noch normal groß gewesen. Na gut, sie sah aus wie ein Monster, aber sie war nicht klein. Und sie konnte noch reden.

Irgendwann zischte sie nur noch, und lange Speichelfäden hingen ihr am Kinn. Ihr linkes, tieferes Auge war geschlossen und das rechte mit einem gelblichen Film bedeckt. Ihre faltigen Hände auf der Bettdecke zitterten.

»Ein zweiter Schlaganfall«, sagte der Arzt.

Sie hatten ihr das Gebiß herausgenommen, da sie sowieso nicht mehr reden konnte. Ihr Gesicht war eingefallen. Ihr Mund klappte nach innen, und ihre Augen sanken in die Höhlen zurück. Sie sah aus wie ein alter Ballon, aus dem jemand langsam die Luft abließ.

Manchmal schlich ich mich in ihr Zimmer, wenn die Krankenschwester unten bei meiner Mutter eine Tasse Tee trank oder im Garten eine Zigarette rauchte, und beobachtete sie. Meistens merkte sie nicht, daß ich da war. Eigentlich fast nie. Aber manchmal, da wußte sie es. Dann hielt sie den Atem an und lauschte. Sogar ihre Hände auf der Bettdecke wurden ruhiger.

Und dann tat sie etwas, das ich entsetzlich fand: Sie schnüffelte nach mir. Sie versuchte, mich zu wittern. Ihre knochige Nase unter ihrem blinden Auge zitterte, und die Nasenflügel weiteten sich.

Dann lag sie wieder ganz ruhig und wartete. Ich wartete auch, obwohl mir zum Weglaufen war. Aber ich war mir sicher, daß sie wach war und wußte, ich war im Raum. Diese Chance durfte ich mir nicht entgehen lassen.

Wenn sie ruhig war und mich gewittert hatte, begann ich zu erzählen. Ganz leise, damit niemand uns hörte. Ich erfand ein Märchen, das hieß »Meine liebe Großmutter kommt zu Besuch«, und eine liebe Großmutter war Hauptperson der Geschichte.

Warme, sonnige Tage kamen darin vor, eine liebende Mutter mit drei Kindern, von denen eines ein wahres Biest war und verstoßen wurde (Eva), das andere ein wenig sonderlich, aber sonst ganz nett (meine Mutter) und eines ein wahres Genie (Onkel Daniel). Ich erzählte, was diese liebende Mutter Tag für Tag mit ihren Kindern unternahm, wie sie lachten und was für eine Freude es war, als sich kleine, nette Enkelkinder ankündigten (das waren Frank und ich, Paul war zu anstrengend und machte nicht mit).

Und dann, wenn es gerade ganz schön war in meiner Geschichte, hörte ich mitten im Satz auf. Ich merkte, wie ihre Hände unruhiger wurden. Ich wollte sie nicht quälen, ich wollte, daß sie nachdachte. Daß sie Vergleiche zog. Eingesperrt in ihren Körper, mußte sie das wohl.

Im Zimmer stank es nach Urin, sie lag im Halbdunkel, und ihre Hände zitterten auf der Bettdecke. In ihrem Körper atmend, dachte meine Großmutter jetzt vielleicht, was anders gelaufen war in ihrem Leben und unserem. Daß sie nichts mehr geraderücken konnte, nichts mehr erklären oder beichten.

Das sollte sie auch nicht. Sie sollte sterben, was sie ja sowieso die ganze Zeit tat, aber sie sollte sich sehnen nach dem, was hätte sein können. So wie ich mich täglich nach meiner Mutter sehnte, die da war und doch wieder nicht. So wie sie sich vielleicht einmal nach ihr gesehnt hatte.

Als meine Großmutter gestorben war, reiste Tante Eva an. Selbst Onkel Daniel kam zur Beerdigung. »Jetzt kann sie mir ja nichts mehr tun«, stellte er augenzwinkernd fest. Meine Mutter warf ihm einen bösen Blick zu. Sie mochte nicht, daß er am Tag von Großmutters Beerdigung mit den Augen zwinkerte. Allerdings mochte sie auch an anderen Tagen nichts, was er tat.

Tante Eva redete nicht mit meiner Mutter und mit Onkel Daniel schon gar nicht, obwohl der ihr nichts getan hatte. Ihre Kinder, meine Cousins, hatte sie mitgebracht, ihren Mann nicht.

Frank sollte ein paar Worte sagen über meine Oma, wer sie gewesen war und was sie gemacht hatte. Frank war das älteste ihrer Enkelkinder, und ich war verdammt froh, daß ich jünger war als er. Frank hatte sich gewehrt und furchtbar mit meiner Mutter gestritten, aber dann rief mein Vater ihn in sein Arbeitszimmer, und da wußte ich, er kam nicht drum rum.

Mein Vater war außer zum Essen nie in unserer Nähe, außer vielleicht, wenn er mit Frank Bogenschießen übte und ihm dabei in den Nacken atmete. Im Arbeitszimmer war Nackenatmen noch das angenehmste, was einen erwartete.

Jetzt schlich Frank mit grimmigem Gesicht durchs Haus, während wir darauf warteten, zur Kirche zu fahren. Mit Augenklappe konnte ein Gesicht noch viel grimmiger aussehen, und wenn Frank ein grimmiges Gesicht machte, bedeutet das nicht, daß er wütend war, sondern daß er etwas vorhatte. Es war so einfach, in seinem Gesicht zu lesen, und meine Eltern meinten, er wäre »aufsässig«!

Traurig schien nur die Krankenschwester, und wahrscheinlich nicht mal die, denn meine Großmutter hatte sie sicher gequält. Ich fand es schade, daß mein Großvater nicht da war, obwohl der zu der ganzen Veranstaltung wahrscheinlich nichts gesagt hätte. Dennoch mochte ich mir irgendwie vorstellen, daß er nach dem Tod meiner Großmutter geredet hätte wie ein Wasserfall.

Endlich kam der Wagen, und wir fuhren zum Friedhof. Meine Großmutter hatte verbrannt werden wollen, aber meine Eltern fanden das geschmacklos und ließen sie ganz normal beerdigen. Nach ihrem Tod war es einfach, ihr nicht zu gehorchen.

Tante Eva war mit ihren Kindern schon losgefahren und vor uns in der Kapelle. Sie saß in der ersten Reihe und schluchzte. Onkel Daniel und meine Mutter mußten sich als Kinder der Verstorbenen mit ihr in eine Reihe setzen, wir als Enkelkinder dahinter. Mein Vater kletterte nach oben auf die Orgel. Ich war davon überzeugt, daß mein Vater es liebte, wenn jemand starb. Dann konnte er »Näher mein Gott zu dir« spielen.

Die Kapelle war voll mit Bekannten meiner Eltern. Die Freunde meiner Großmutter waren längst tot, falls sie überhaupt welche gehabt hatte.

Neben mir saßen meine Cousins und schnitten Grimassen. Einmal drehte Onkel Daniel sich um und machte ein Gesicht zurück, doch sie starrten ihn nur böse an.

Ich saß in meiner Reihe, und mir war langweilig. Der Pfarrer redete von meiner Großmutter, die er nie gesehen hatte, und benutzte dabei Worte wie »Liebe«, »Güte« und »Aufopferung«. Wahrscheinlich mußte er das bei jeder Toten sagen. Zumindest bei einer, die Kinder gehabt hatte. Dann war immer von »Aufopferung« die Rede.

Ich fand nicht, daß meine Mutter sich opferte für uns.

Ich stelle mir die Beerdigung meiner Mutter vor. Paul, Frank und ich sitzen in der ersten Reihe, und wahrscheinlich reden wir nicht miteinander. Meine Mutter war lange krank, und niemand wollte sie haben, also mußte ich sie nehmen. Die letzten Wochen waren ganz fürchterlich, weil sie immer von mir als ihrem »einzigen Kind« sprach und ständig nach Frank verlangte. Frank ist sicher nicht ein einziges Mal aufgetaucht, ebensowenig Paul, aber Paul hat sie ja auch nicht sehen wollen. Ich hatte eine Krankenschwester, die mein Mann bezahlt hat, und habe mich so oft wie möglich in ihr Zimmer geschlichen, um ihr Geschichten zu erzählen. So lange, bis bei ihr die Luft raus war. Jetzt, in der ersten Reihe der Kirche, vergrabe ich mein Gesicht im Taschentuch und überlege, was ich nachher zum Abendessen machen soll.

In der zweiten Reihe der Kirche wurde es unruhig. Frank stand auf und mußte zum Pult. Das Pult stand genau neben dem Sarg, damit man auch nicht vergaß, über wen gesprochen wurde.

Frank stand da und räusperte sich. Er sah kein bißchen unsicher aus, nur gequält, und ich hatte geglaubt, daß Frank der letzte wäre, den sie quälen würde. Wie man sich irren konnte!

»Liebe Familie und Freunde«, sagte er, und das Mikrophon piepte. Er trat einen Schritt zurück. »Ich bin das älteste ihrer Enkelkinder, das heißt, ich war es, und soll ein paar Worte zu meiner Großmutter sagen.«

Ich fragte mich zum ersten Mal, warum keines ihrer eigenen Kinder ein paar Worte sagte. Die waren doch viel näher dran.

»Ich kannte meine Großmutter kaum, denn sie war die meiste Zeit bei Tante Eva und ihrer Familie.«

Wie wahr. Und wir waren nicht gerade unglücklich darüber.

»Und wir waren nicht unglücklich darüber.«

Ich zuckte zusammen. Frank hatte meine Gedanken gelesen!

»Meine Großmutter war eine kalte und egoistische Frau, die niemanden in Ruhe ließ. Mir hat sie immer eine Kopfnuß verpaßt, wenn ich an ihr vorüber ging. Dann hat sie gelacht und ›na, Frank, mein Junge‹ gesagt. Sie fand das witzig.«

Davon wußte ich gar nichts. In der Reihe vor mir wurden meine Mutter und Tante nervös, während ich mich interessiert vorbeugte.

»Meinen Bruder bezeichnete sie als Idioten und meine Schwester als verrückt. Meine Mutter hat sie behandelt wie eine Sklavin und meinen Vater hat sie verachtet. Sie war nicht gern bei uns, und wir hatten sie nicht gern im Haus. Trotzdem...«

Feigling, wollte ich rufen, es gab kein trotzdem.

»Trotzdem hat Katharina, meine Schwester, ihr einiges zu verdanken.«

Ich hatte ihr was zu verdanken? In der Kirche wurde es so ruhig, daß man eine Stecknadel hätte fallen hören können. Ich konzentrierte mich auf Frank, beziehungsweise auf die dramatische Pause, die er einlegte.

»Sie war nämlich ungeheuer geizig und hat 'ne Menge gespart. Ich weiß das, weil sie es mir gesagt hat. Wir dachten, sie könnte nicht mehr reden nach ihrem zweiten Schlaganfall, doch dann hat sie es mir gesagt. Das Geld hat sie Katharina vererbt. Und sie hat mich am Ärmel gegriffen und zu sich runtergezogen: ›Sag deiner Schwester, das ist meine Erwiderung, meine Antwort. Auf ihre Geschichten ist das die Antwort.‹ Sie hat furchtbar gezischelt, und ich konnte sie kaum verstehen. Ich weiß auch nicht, was das bedeuten sollte, aber danach hat sie nie wieder ein Wort von sich gegeben, und so konnte ich sie nicht fragen.«

Es war immer noch verhängnisvoll ruhig, und Frank beeilte sich, zum Schluß zu kommen.

»Das ist alles, was ich von meiner Großmutter berichten kann, und wenn es einen Himmel gibt, dann wird das wohl nicht der richtige Platz für sie sein. Gott schenke ihrer Seele Frieden. Amen.«

Das mit der Seele paßte irgendwie nicht zu seiner Rede und hatte ihm wahrscheinlich der Pfarrer aufgetragen. Frank stieg von Pult und setzte sich wieder in unsere Reihe. In der Kapelle war es weiterhin totenstill.

Der Pfarrer ging nach vorn, wußte aber auch nicht, was er sagen sollte, und gab der Empore ein Zeichen. Mein Vater begann noch einmal mit »Näher mein Gott zu dir« und spielte alle Strophen, obwohl niemand mitsang.

Ich saß einfach nur da und dachte an meine Großmutter, das Biest. So »scheißeverrückt«, wie mein Großvater sie einmal bezeichnet hatte, war sie anscheinend doch nicht. Sie hatte verstanden, was ich mit meinen Geschichten erreichen wollte, und sich ihre Erwiderung aufgespart für ihre letzte, ihre endgültige Antwort. Sie hatte das letzte Wort, soviel war sicher. Sie wußte, daß ich sie verstand. Daß ich begreifen würde, daß ihr Geld keine Wiedergutmachung oder Entschuldigung war. Aber eine Antwort.

Tante Eva schnaubte vor Wut, und meine Mutter sah zufrieden aus.

Onkel Daniel hatte sich bereit erklärt, noch zum Kaffee zu bleiben, wenn ihm jemand »diese Furie« vom Leibe hielte. Damit meinte er Tante Eva.

Mein Vater stand ratlos in unserem Wohnzimmer herum und sehnte sich wahrscheinlich danach, noch einmal »Näher mein Gott zu dir« spielen zu dürfen. So laut, daß ihn keiner mehr hören konnte.

Paul beobachtete unablässig einen meiner Cousins und versuchte, sein Glas Saft in einer bestimmten Art und Weise zu halten. Frank hatten sie auf sein Zimmer geschickt, obwohl ich nicht glaubte, daß meine Eltern wegen seiner Rede ernsthaft böse mit ihm waren.

Ich malte alle auf, in Gedanken, weil ich jetzt nicht wegkonnte. Tante Eva, die wie ein wütender Tiger auf und ab lief; meinen Vater als Kaninchen, Onkel Daniel wurde ein Hund, und meine Mutter... ja, das war schwierig, Paul ließ ich weg, und meine Cousins, die ich nicht unterscheiden und deren Namen ich mir nicht merken konnte, wurden zu Fröschen.

Außerdem waren da noch der Arzt, der meine Großmutter untersucht hatte, und das Nachbarehepaar, das helfen wollte und Kirschkuchen gebacken hatte.

Tante Eva wurde lauter. Man konnte sehen, daß sie sich immer noch beherrschte, weil unsere Nachbarn und der Arzt da waren, aber unter ihrem Fell brodelte es.

»Niemand hat irgend etwas eingefädelt, Eva«, wagte mein Vater meiner Tigertante zu widersprechen.

Meine Mutter lächelte selbstgefällig. Später hörte sie auf zu lächeln, als sie herausfand, daß meine Großmutter das Geld für mich in einem Fonds angelegt hatte, der mir erst bei Antritt meines Studiums ausgezahlt würde. »Das Biest«, sagte sie da, und ich war mir gar nicht sicher, ob sie damit meine Großmutter meinte.

»Natürlich«, fauchte meine Tante jetzt. Dann senkte sie die Stimme. »Ihr habt die alte, wehrlose Frau bequatscht, bis sie euch ihr Geld in den Rachen geworfen hat.«

Onkel Daniel kicherte bei dem Wort »wehrlos«.

»Sag ihr, sie hätte sie gern bei sich haben können«, sagte meine Mutter zu meinem Vater, da sie nicht mehr mit ihrer Schwester redete. In meinem Bild verlagerte sich die Szene vom Dschungel in die Wüste.

Einer meiner Froschcousins fing an zu heulen, daß er nach Hause wollte. »Halt den Mund«, fuhr Tante Eva ihn an, und die Frösche saßen aufgereiht auf dem Sofa und wagten nicht mehr, sich zu bewegen.

Die Nachbarin bot verlegen Kirschkuchen an.

»Für mich ein Stück, danke.« Onkel Daniel war als einzigem der Appetit nicht vergangen. Ein dumpfes Schweigen machte sich breit, unterbrochen nur durch die Kaugeräusche meines Onkels. Die Gabel schabte auf dem Teller, die Nachbarin fingerte an ihrem Rock und warf ihrem Mann flehende Blicke zu.

Wir sollten gehen. Jetzt, wo sich die Nachbarn verlegen verabschiedeten und auch der Arzt sich davonmachte, jetzt, wo es jeden Augenblick losgehen konnte mit dem Kampf, da schickten sie Paul und mich weg. Ich konnte es nicht fassen und fing vor Wut an zu weinen.

»Siehst du«, sagte mein Vater zu Tante Eva, »du hast das Kind ganz verschreckt.«

Meine Tante ließ das unbeeindruckt, sie murmelte etwas von »hinterhältiger Erbschleicherin«.

Sie schickten Paul und mich weg, während die Frösche bleiben durften, die darüber allerdings nicht sehr glücklich schienen. Paul ging zu Frank, um ihm von den Ereignissen zu berichten, während ich mich auf den Treppenabsatz setzte und wartete, was passieren würde.

Raubtierschreie waren hinter der Tür zu hören, und mir lief eine Gruselhaut über die Arme. Wer weiß, vielleicht brachte Tante Eva gerade Onkel Daniel und meine Eltern um?

Langsam schlich ich die Treppe wieder hinunter; im Wohnzimmer war es mit einem Mal totenstill. Leise öffnete ich die Tür und spähte hinein.

Auf dem Sofa saßen immer noch die drei Frösche, die Gesichter angsterstarrt und blutbefleckt, in ihrem Schock völlig bewegungsunfähig. Hingestreckt auf dem Weg nach draußen mein Vater, das Gesicht auf dem Boden, die Hand zeigte zur rettenden Tür.

Onkel Daniel saß in seinem Sessel, die Augen weit aufgerissen, der Mund voller Krümel. Sein Hemd hatte sich an der Brust rot verfärbt, und das war nicht der Kirschkuchen. Meine Mutter schließlich hing in den Armen von Tante Eva, meine Tante mit blutigem Mund über ihr. Achtlos ließ sie meine Mutter auf den Tisch fallen, was einen unangenehmen Rumms machte, und leckte sich atemlos über die Lippen.

Dann schaute sie zu mir.

»Hast du gehört?«

Ich fuhr hoch. Unten am Treppenansatz stand Onkel Daniel.

»Was?«

»Ich wollte mich nur verabschieden, Kind.«

»Leben sie noch?« Ich zeigte in Richtung Wohnzimmer.

Onkel Daniel lachte. »Ja, sie leben noch. Ich werde jetzt gehen.«

Ich winkte ihm zum Abschied. Etwas wie Enttäuschung machte sich in mir breit. Ich wäre berühmt geworden. Das Kind, das das Massaker nach der Beerdigung überlebte. Das Kind mit der blutrünstigen Tante. Der Tigertante. Dann allerdings fiel mir der Blick ein, mit dem Tante Eva mich angesehen hatte, und ich war gar nicht mehr so sicher, ob es Überlebende gegeben hätte.

Ich mache nicht viel, seit ich nicht mehr male. Beobachte das Mondlicht und denke an Monster, die mich fressen könnten. Ohne Angst: Das ist das Schöne daran, kaum noch etwas zu fühlen. Keine Angst mehr, keine Unruhe. Frieden ist es auch nicht, mehr ein Abwarten. Genna kommt mich oft besuchen.

»Du mußt mir nicht immer etwas mitbringen.«

Genna versucht, ein paar Blumen in einer viel zu großen Vase zu arrangieren. »Das ist so üblich bei einem Besuch.«

»Einem Krankenbesuch.«

»Ja.« Sie zupft weiter an den Stengeln.

»Hältst du mich für krank?«

Sie zuckt mit den Schultern. »Ich halte es auch nicht für gesund, wochenlang im Bett zu liegen.«

»Ich fühle nichts mehr.«

Genna nickt. »Ich weiß.«

Ich nicke auch. »Ein bißchen ausruhen, dann geht es wieder.« Aber in dieser Wohnung stehe ich nicht wieder auf. Das ist immerhin etwas, das ich fühlen kann. Ob ich Henning verlassen will?

»Willst du bei ihm bleiben?« scheint Genna meine Gedanken zu lesen. Endlich läßt sie das Gezerre an den Blumen sein und setzt sich zu mir.

»Ich weiß es nicht«, sage ich. Ich weiß es wirklich nicht. Fühle nichts, weder für ihn noch für irgend jemand sonst, aber weggehen?

»Du könntest bei mir wohnen, das weißt du«, sagt Genna vorsichtig.

Ich weiß es und nicke. »Ich kann es jetzt nicht entscheiden. Ich muß noch...« warten, wäre es mir beinahe herausgerutscht, aber ich sage statt dessen »ausruhen«. Ich muß noch auf den Drachen warten. Bis mir einfällt, wie ich ihn locken kann.

Genna streicht sich das Haar aus dem Gesicht. Es ist eine energische, trotzige Bewegung, die zu ihr paßt. Genauso, wie sich in den Weg zu setzen und »He!« zu rufen. »Ich hab dich schon einmal gefunden, weißt du noch? Du lagst unter einer Decke aus Schnee und sahst aus wie eine Leiche.« Sie hat schon immer den Weg versperrt. »Das willst du hoffentlich nicht mehr.«

Was denn? Gefunden werden? »Nein. Ich male nicht mehr.«

»Ich wünschte, du würdest es wieder tun«, sagt Genna.

»Bald, vielleicht«, antworte ich ausweichend. »Ich glaube, ich bin jetzt müde«, sage ich zu ihr, weil mich etwas beschäftigt. Etwas, das ich vorhin berührt habe, als mir der Drache in den Sinn kam.

»Gut, dann haue ich jetzt ab.« Genna geht zur Tür. »Schlaf ein wenig«, sagt sie und dreht sich noch einmal um. »Aber nicht zu lange«, ergänzt sie und droht mit dem Finger. Dann zwinkert sie mir zu und ist verschwunden.

Etwas mit dem Drachen war es, etwas Beunruhigendes. Ich muß noch warten, hätte ich beinahe gesagt, auf den Drachen. Dann hätte Genna gefragt, was für ein Drachen das denn wohl sei. Und ich? Was hätte ich geantwortet?

Er ist wie der Werwolf, der meine Eltern frißt, außerdem das, was Tims Augen leuchten ließ. Er soll mich hochheben und auf die Füße stellen, und er soll etwas wiederbringen, aber was? Onkel Daniel vielleicht oder meine Eltern? Frank hätte ich noch im Angebot und meine Schildkröten-Freundin. Meine Farben, aber welche? Weiß oder Blau? Oder Rot, mit dem ich ihn locken könnte, wie ich damals Henning gelockt habe? Sieht man ja, wozu das geführt hat.

Es ist da, es sitzt unmittelbar vor mir und starrt mich an, doch es will nicht rauskommen. Ich schlage die Decke zurück und krieche auf allen vieren bis ans Ende des Bettes. Es ist da, und es fühlt sich an wie Wut. Eine winzige Faust in der Magenkuhle, eine Kinderfaust, fast noch zu klein, um richtig zuzuschlagen. Aha, denke ich, komm doch raus. Aber sie zieht sich zurück. So leicht ist es nun auch nicht, einen Drachen zu locken. Vor allem, wenn er noch so winzig ist: Ich hätte ihn mir größer vorgestellt. Und grüner, irgendwie.

Ich krieche wieder zurück und schlüpfe unter die Decke. Also, Genna, hätte ich gesagt, wenn sie mich gefragt hätte, der Drache sitzt da hinten am Fußende meines

Bettes und ist sehr klein und gar nicht richtig grün, und er ist so etwas wie eine Kinder-Wut.

Jetzt fühle ich mich schon besser. Ich ziehe die Decke über mein Ohr und will noch ein wenig schlafen. Es gibt jetzt wieder Wut, und das ist gut so. Denn dahinter ist nichts mehr.

Ich gehe durch die Wohnung wie eine Schlafwandlerin, suche nach etwas, fange an zu essen, habe keinen Appetit und lasse es wieder. Es wäre schön, schlafen zu können, aber ich bin wach. Ich muß viel an sie denken, an meine Mutter; wie es wäre, jemanden zu haben, der einen zudeckt, aber das ist ein alter Wunsch. Und eigentlich finde ich es auch idiotisch, herumzuliegen, und draußen scheint die Sonne. Es gibt Cafés und Restaurants, und ich war ewig nicht im Kino.

Und hier ist es grau. Noch nicht mal schwarz: Schwarz wäre eine Erleichterung. Ich weiß noch genau, wie ich die Bilder meines Onkels schwarz gemalt habe, als er nicht mehr zu uns kam. Schwarz war Enttäuschung, war Trauer und mehr als das. War grundlos zerstörtes Vertrauen. Eine Kinderfarbe.

Jetzt ist es eher Grau und unwirklich.

Vielleicht richte ich mich ein. Kuschel mich ins Dämmerlicht und spiele Stein. Grau wie eine Maus, grau wie ein Stein, ein Bleistift.

Genau. Wenn schon alle Farben sich ducken unter einer staubigen Schicht aus Geröll und Dreck, dann kann ich immer noch zeichnen, oder? Ich hole Papier und Bleistift aus Hennings Schreibtisch und überlege.

Was zeichne ich?

Ich, die ach so begabte Malerin, die niemand kennt, mit meinen Wassern und Fluten und all dem Talent. Im Bett sitzend, auf mein Kopfkissen gestützt, zeichne ich Gesichter. Kindergesichter, mit großen Augen und strubbeligen Haaren, die dreckig sind vom Spielen, sie sollen reinkommen, weil es regnet, aber das wollen sie nicht. Kinder auf der Suche, Kinder draußen. Ich male Irma und ihren Bruder, skizziere Frank und Paul und sogar die Froschcousins. Ich male Tims Gesicht und dann meines. Die Wut ist nicht zu sehen, dafür fehlen mir dann doch die Farben, aber wenn ich aufdrücke, richtig aufdrücke, dann werden die Augen schwarz.

Ich höre ihn stöhnen hinter der verschlossenen Tür. Sein Atelier zu betreten wage ich nicht. Ich hätte geklopft, gewartet, bis er mir öffnet, hätte ihm die Post gereicht zusammen mit der dampfenden Tasse Kaffee in meiner Hand. Ich hätte gelächelt und gefragt, ob er vorankommt.

Ich höre das Stöhnen und weiß: Er malt nicht mehr. Der Morgenmantel, den ich mir umgeworfen habe, steht einen Spalt offen, und ich fühle den kalten Hauch an meinen Brüsten, meinen Rippen, die hervorstehen, nackt und schutzlos, während in der Tasse der Kaffee zittert.

Ich schaue in das dunkle Loch und lasse die Tasse fallen. Mitten zwischen den Scherben stehe ich und warte auf den Schmerz, der nicht kommen will.

Kein Henning hinter dieser Tür, keine heißen Spritzer an meinen Beinen, keine Scherben. Die Briefe aus meiner Hand segeln hinterher, saugen sich voll. Kleine spitze Schreie einer Frau sind hinter der Tür zu hören, wie aus dem Schmerz, der mir gehören müßte.

Er malt nicht mehr, hat die Deckung hinter der Staffelei aufgegeben. Vielleicht war ich es, die ihn hervorgelockt hat. Heraus aus seinem Dunst aus Farben und hinein in das Rot, das Rot meiner Scham. Vielleicht war ich es, die ihm rote Versprechungen vorgegaukelt hat. Und er trat hinaus in die Welt und wurde blind. Wie prosaisch.

Das Rot, das ich nie gewesen bin, ist einem endlosen Blau gewichen, das alles wegschwemmt, was ich sein wollte.

Auch seine Kunst habe ich weggespült. Er hat sie mir überantwortet: Pech gehabt, Henning. Sie ist weg, ertrunken unter spitzen Schreien, hervorgelockt aus dem Dikkicht endloser Farbverhältnisse. Ich fühle mich mächtig. Mächtig in der Vernichtung. Aber so kann es nicht weitergehen.

Er stöhnt laut auf, dann ist es ruhig.

Das ist die Welt jenseits der Kunst, aber ich will nach Hause. Ich spüre es ganz deutlich: Ich will nach Hause. Eine kraftvolle Sehnsucht durchflutet mich, wie ich da stehe in der Kaffeepfütze voller Scherben. Ich will nach Hause und alles aufschreiben, was die Leute amüsiert und einen Vogel auf dem Kopf hat. Und den Rest auch. Ich will heraus aus all dem Blau und den anderen Farben. Und ich will nicht scheißeverrückt sein und mich verstecken. Ich muß Paul retten. Ich muß mich retten. Henning kann ich nicht retten.

Vorsichtig, damit ich mich nicht verletze, steige ich aus den Scherben.

VI.

Gelber Regen. Der nicht weh tat, wenn er in dikken Tropfen auf den Arm platschte. Sommer mußte es sein und warm, die Tropfen dick und überraschend. Meine Mutter rief nach mir, ich sollte reinkommen, damit meine Sachen nicht schmutzig würden. Aber vorher der gelbe Regen, ganz warm auf der Haut, laut und sumpfig. Meine Brüder wurden nicht nach drinnen gerufen.

»Gelber Regen. Rede dem Kind nicht so einen Unsinn ein, Daniel.«

»Natürlich gibt's gelben Regen, Anne. Sei doch nich' so...« Meine Mutter guckte ihn an, und Onkel Daniel mußte ruhig sein. Er war Gast in unserem Haus.

»Wenn ihr fertig seid, räumt bitte die Stifte weg. Es gibt bald Abendessen.« Auch meine Mutter gab manchmal auf. Sie ging in die Küche, in der es nach gebratenen Äpfeln und Soßen duftete, die sie nicht selbst zubereitete. Wir hatten schließlich ein Mädchen.

Auf meinem Bild war auch ein Mädchen zu sehen, ganz allein im Garten, mitten im Regen, der gelb war. Beide Hände glücklich über den Kopf gestreckt. Wie zur Begrüßung.

»Das bist du«, stellte Onkel Daniel fest. Das war das Besondere an ihm, er fragte nicht, er stellte fest.

»Ja«, nickte ich.

»Du hast gar keine Haare.« Wieder eine Feststellung.

»Brauche ich nicht.« Ich hatte herausgefunden, warum ich nie im gelben Regen bleiben durfte: Meine langen Haare brauchten zu lange zum Trocknen. Die Haare meiner Brüder waren ganz kurz. Meine Haare durfte ich erst abschneiden, wenn ich erwachsen war. Ob ich dann noch Regen mochte? Gelben Regen auf meiner nackten Kopfhaut. Das mußte schön sein.

Henning stellt uns vor. »Das ist meine Frau Katharina, das ist Sven Rothmann. Er ist gekommen, um sich die Erlaubnis einzuholen, zwei meiner Bilder zu restaurieren.«

Ich gebe ihm die Hand. »Sie restaurieren Bilder?«

Er ergreift sie. »Nicht nur Bilder. Moderne Kunst.«

»Und dazu brauchen Sie eine Erlaubnis?«

»Sicher. Manche Künstler wünschen sich, daß ihre Werke vergehen.«

Ich sehe ihm in die Augen. Sie sind braun, ganz anders als die von Henning.

»Ich mache uns etwas zu trinken«, sagt mein Mann. »Möchtest du auch etwas, Katharina, Liebling?«

Ich schüttele den Kopf. »Das Vergehen der Kunst«, sage ich, als Henning weg ist, »ist das nicht grausam?«

Der Restaurator zieht die Augenbraue hoch. »Alles ist vergänglich.«

»Nicht für Sie.«

»Auch die Werke, die ich präpariert habe, werden vergehen. Nur später.«

»Später als ein Menschenleben.«

Er zuckt mit den Schultern. »Manchmal.«

Henning kommt und gibt seinem Gast ein Glas. »Wer, sagten Sie, will zwei meiner Bilder präparieren lassen?«

Der Mann mit den braunen Augen erklärt es ihm. Sven. Ich beobachte ihn, während er mit meinem Mann spricht. Seine Wangenmuskulatur, die Falten auf seiner Stirn, sein linkes Ohrläppchen. Er hat eine angenehme Stimme, ein Grübchen am Kinn, eine helle, weiche Haut. Er riecht gut.

»Hast du gehört?« Hennings Stimme klingt ungeduldig.

»Wie bitte?« Ich versuche mich zu konzentrieren.

»Es geht um zwei meiner frühen Collagen.«

»Ach so.« Fast scheint es so, als erwarte er meinen Beifall. Ich verstehe nicht, was er von mir will.

»Ich würde gern die Materialien mit Ihnen besprechen«, sagt der Restaurator Sven zu Henning.

Der zögert. »Herr Rothmann, wissen Sie, ich habe wenig Zeit. Ich arbeite im Moment an einem sehr wichtigen Projekt und kann mir keine Pause erlauben.« Den erstaunten Blick, den ich ihm zuwerfe, ignoriert er. »Meine Frau ist mit meiner Arbeit vertraut und malt selbst gelegentlich.« Gelegentlich. Falls sie nicht im Bett liegt und Depressionen hat. Das sagt er nicht. »Vielleicht reden Sie mit ihr?«

Mit mir? Über seine Collagen? Seine frühen Collagen. Natürlich. Wir reden über zwei Bilder von mir, die unter seinem Namen verkauft wurden. »Früh« nennt er das unreife Werk von mir. Ich muß mich beherrschen, um nicht zu lachen.

»Wären Sie so freundlich?« wendet sich der Restaurator an mich.

»Sicher. Die Arbeiten, die Sie meinen, kenne ich, glaube ich, sehr gut.«

Henning wirft mir einen wütenden Blick zu. »Nun denn«, sagt er und erhebt sich, »dann werde ich mich wohl wieder an die Arbeit machen.« Er gibt dem Restaurator die Hand. »Hat mich gefreut, Sie kennenzulernen.«

Ich warte, bis er den Raum verläßt. Jetzt wird er in sein Atelier gehen. Vielleicht wird er malen, vielleicht Farben mischen. Vielleicht wird er sein Modell bestellen und mit ihr schlafen, während ich für ihn lüge. Er wird nervös sein und an mich denken. Das Rot meiner Scham. Ich muß lächeln.

Der Restaurator lächelt zurück. »Ihr Mann ist also keiner dieser grausamen Menschen, die ihr Werk vergehen lassen wollen.«

»Mein Mann ist viel grausamer«, antworte ich freundlich. »Er hält sich für unsterblich.«

Der Restaurator wird stutzig. »Wie meinen Sie das?«

Ich winke ab. »Unwichtig. Sprechen wir über die Bilder.«

Er nickt zögernd und erklärt mir, was er von mir wissen will. Ich höre seine Stimme, rieche seinen Duft und stelle mit vor, wie es ist, seine Hände zu spüren. Hände, die einen unsterblich machen. Wenigstens eine Zeitlang.

»Bist du verrückt? Was hast du getan? Antworte mir, Katharina. Was hast du mit deinen Haaren getan, um Himmels willen?« Meine Mutter stand im Zimmer und schrie mich an. Um mich herum lagen meine Haare, meine langen Haare, die nie trocknen wollten. Meine Mutter rief nach meinem Vater. Paul und Frank kamen angelaufen.

»Das sieht ja furchtbar aus.« Paul lachte. Frank sagte gar nichts.

Mein Vater sagte auch erst nichts, dann kam er ins Zimmer und schlug mir ins Gesicht. Tränen stiegen mir in die Augen, aber ich weinte nicht. Nicht vor ihm.

»Davon wachsen sie auch nicht wieder an«, brummelte Frank, und mein Vater drehte sich um und schlug auch ihn.

Paul blieb ruhig. Paul wußte genau, wann man mit dem Nachmachen aufhören mußte.

»Bist du verrückt?« schrie meine Mutter diesmal meinen Vater an. »Was hat er denn damit zu tun?« Sie beschützte Frank. Sie beschützte Frank immer.

Ich stand in meinen Haaren und war zufrieden, obwohl meine Wange brannte.

»Du bist ja nicht ganz normal«, sagte mein Vater zu mir, das Gesicht rot vor Wut.

»Kannst du mir bitte erklären, warum du das getan hast?« Meine Mutter versuchte, ihre Stimme unter Kontrolle zu halten.

»Der Regen«, sagte ich. »Ich will draußen bleiben, im Regen.«

Meine Mutter sah zu meinem Vater. »Siehst du? Das hat Daniel ihr eingeredet. Ich hab dir immer schon gesagt, daß er ihr Flausen in den Kopf setzt. Jetzt muß endlich etwas geschehen.« Sie schüttelte den Kopf. »Womit habe ich so etwas verdient?« fragte sie. Ihre Wut verrauchte langsam, sie bemitleidete sich, weil sie so ein verrücktes Kind hatte. Oder zwei, Paul mochte sie schließlich auch nicht besonders. Wer mochte schon Paul?

Sie schob meine Brüder aus dem Zimmer. Dann drehte sie sich noch einmal um. »Du kannst morgen so zur Schule gehen. Wirst schon sehen, was du davon hast. Heute will ich dich nicht mehr sehen. Annette bringt dir dein Essen.« Bevor sie die Tür schloß, hörte ich sie sagen: »Und mit deinem Onkel sprechen wir noch.«

Ich stand inmitten meiner Haare und betrachtete mich im Spiegel. Ich war jetzt erwachsen, und der Regen konnte kommen.

So geht es nicht weiter. Ich brauche ewig, um einen Satz zu beenden. Ich bin zu dünn. Ich belüge meinen Mann. Ich belüge einen fremden Mann über meine Bilder. Ich belüge mich. Ich bin aufgestanden, und meine Füße haben noch nicht den Boden berührt.

So könnte es ewig gehen: zwischen den Männern, zwischen Berührungen, die meistens gar nicht passieren. Fragen stören da nur. Sonst nichts.

Mein Mann schläft mit seinem Model, anstatt es zu malen, und es stört mich nicht. Nur Fragen stören mich, sonst ist es ruhig.

Ich bezweifele, ob ich überhaupt aufgestanden bin.

Ich stehe am Fenster und blicke hinaus. Es regnet in verwischten, grauen Schlieren. Ich höre meinen Mann in der Küche. Meinen Mann Henning, der eine Sternzeit weit von mir entfernt ist. Alles ist eine Sternzeit weit von mir entfernt. Alle ist wie in Watte, wie betäubt.

Wenn ich mich strecke und die Hände über meinen Kopf hebe, ist da diese feine, dünne Membram, die mich schützt. Die mich am Leben hält. Die mich vom Leben abhält. Ich brauche eine Nadel, eine Schere, irgendein Messer. Ich brauche ein Loch, durch das meine Wut hinauskann. Oh, ja, meine Wut.

Ich bin so ruhig, und in mir tobt jetzt eine so entsetzliche Wut.

Ich beschließe, meine Leben zu ändern. Ich beschließe, Onkel Daniel aufzustöbern, für Paul einen Drachen zu suchen und Frank endlich zu antworten. Ich will eine Affäre mit dem Restaurator, der so spannend nicht ist, aber unsterblich machende Hände hat. Meinen Vater und meine Tigertante werde ich am Leben lassen. Meine Mutter nicht. Es soll ein Ende haben mit Schuhverstekken und brennenden Bildern. Und Tim. Tim soll endlich Paul sagen, was er zu sagen hat, und dann den Mund halten.

Auf einem Skizzenblock zeichne ich einen kleinen Jungen mit Brille. Sieht aus wie ein Comic. Wie ein Freund von Calvin und Hobbes. Nun gut. Ich gebe dem kleinen Jungen einen Drachen, den er hinter sich herzieht.

Drachenziehen ist wie Angelngehen mit Vätern. Beim Angeln wird auch nicht viel gesprochen, oder?

Dann lasse ich einen Sturm aufziehen: Das ist einfach, weil ich sowieso nur in Schwarz skizziere. Der Drache schnaubt dunklen Qualm und zieht an seiner Schnur.

Aber der Drache war unser Verbündeter, oder etwa nicht?

Hinter dem Rücken des kleinen bebrillten Jungen ohne Mutter wird der Drache immer mächtiger, immer größer. Arme wachsen ihm und Krallen. Starke Linien, sehr starke Linien.

Es fängt an zu regnen. Verwischte, kohleartige Striche ziehen über das Bild. Pfützen spritzen auf unter den Füßen des Jungen.

Er dreht sich nicht um zum Drachen. Er schaut nicht zurück, während der Sturm um ihn tobt. Der Drache faucht ihn an, faucht in seinen Nacken. Warum tut er das, wo er doch unser Verbündeter ist? Mittlerweile sieht es fast so aus, als wenn Tim vor dem Drachen flieht.

Lauf, Tim, lauf.

Die Schnur reißt sich los: Im Regen ist sie nicht mehr zu sehen. Es wird dunkel um den kleinen Comic-Jungen herum. Der Drache erhebt sich mit mächtigem Flügelschlagen, es ist laut, ein lautes Flappen. Dann noch ein letztes Fauchen, und er ist verschwunden.

Um Tim herum ist nur Nacht, und dennoch hört er nicht auf zu laufen.

Dann, langsam, so langsam, daß ich schon fast glaube, mich getäuscht zu haben, dreht er den Kopf zu mir herum. Ich kann seine Brille zeichnen, seine strubbeligen Haare, als er mich anguckt.

Tim, mein Freund.

Der Mund öffnet sich. Ja? Was wolltest du mir sagen, Tim? Was wolltest du ihm sagen?

Mein Arm tut weh, kann kaum den Stift halten. Wieviel leichter wiegt ein Pinsel. Und Farben. Er hätte Farben verdient.

»Sag deinem Bruder...«

Was soll ich ihm sagen, Tim, was?

»Sag deinem Bruder, die Drachen sind müde.«

Das weiß ich, Tim.

»Sie fressen keine Väter mehr.«

Die Zeit der Väter ist vorbei.

Ich betrachte sein kleiner werdendes Gesicht in diesem Sturm, den aufgerissenen Mund. Es gibt keine Möglichkeit, den Abschied zu üben. Man kann sich nur festkrallen, damit man nicht mit davongerissen wird. So wie Tim jetzt. Allein, auf seiner schwarzen Wiese.

»Was ist mit Ihrer Hand passiert?« Der Restaurator zeigt auf meinen verbundenen linken Arm.

»Ich habe eine Glasscheibe eingeschlagen.«

»Mit der bloßen Hand? Warum?« Sven Rothmann blickt mich entgeistert an. Ich sehe die Angst in seinen Augen, es mit einer Verrückten zu tun zu haben. Mit einer Kranken. Mit einem Menschen, der Hilfe brauchen könnte.

»Ich dachte, das Fenster wäre offen, und wollte es schließen.«

Er scheint immer noch mißtrauisch. Wer weiß, was Henning ihm über mich erzählt hat. »Seien Sie vorsichtig mit ihr, sie hatte gerade einen Nervenzusammenbruch und hat seit Wochen nicht das Bett verlassen.« Oder so ähnlich.

»Herr Rothmann«, sage ich und versuche, völlig normal zu klingen. »Sie hatten mich gebeten zu kommen, um Ihre Fortschritte bei der Konservierung von Hennings Bildern zu begutachten.«

»Ja, sicher.« Sven Rothmann deutet mit der Hand auf das Sofa. »Nehmen Sie Platz. Ich bin Ihnen dankbar, daß Sie gekommen sind.«

Er nimmt mir den Mantel ab, und ich setze mich. Setze mich in meinem aufreizenden, schwarzen Nichts, das ich trage, auf das schmale Sofa. Die Furcht in seinen Augen flackert wieder auf.

»Ich habe leider nicht viel Zeit«, lächele ich und zeige

entschuldigend an mir herunter. »Ich bin noch auf die Vernissage einer befreundeten Künstlerin eingeladen.« Das stimmt sogar: Die schniefende Nissa eröffnet eine neue Ausstellung mit furchtbar blassen Bildern. Naß in Naßtechnik, Rotz in Rotz. Für sie hätte ich mich wohl kaum so angezogen.

»Ach so.« Der Restaurator lächelt zurück. Ich erwische ihn, wie sein Blick verstohlen auf meinen Busen wandert.

Ich hole Zigaretten und Feuerzeug aus meiner Tasche und deute großäugig unschuldig darauf. »Ich darf doch rauchen?«

»Sicher, sicher.« Er lächelt weiter. Siegesgewiß. »Ich hole kurz das Bild«, sagt er.

Nickend blase ich den Rauch in seine Richtung. »Und einen Aschenbecher«, rufe ich ihm nach.

Ich habe Onkel Daniel am Zaun vor unserem Haus gesehen, und er hat gewinkt. Als ich rauswollte zu ihm, hat mich meine Mutter abgefangen.

»Was ist?« habe ich sie gefragt. »Ißt Onkel Daniel nicht mit uns?«

»Nein, ganz bestimmt nicht«, hat meine Mutter geantwortet und war schon wieder wütend auf mich. Ich mußte in mein Zimmer, obwohl ich nichts getan hatte, und dort mein Abendbrot essen.

Dabei wuchsen meine Haare wieder. Sie standen mir ein bißchen vom Kopf weg, wie die Igelborsten bei dem Mädchen auf meinem Bild. Nichts, worüber man schimpfen mußte. Ich malte ein Mädchen, dessen Haare wuchsen, bis Paul hereinkam.

»Sie haben ihn weggeschickt«, sagte er düster.

Ich drehte mich zu ihm um, den Stift noch in der Hand. »Wen weggeschickt?«

»Onkel Daniel.« Paul starrte mich wütend an. »Wegen dir. Weil du deine Haare abgeschnitten hast.«

Sie hatten Onkel Daniel weggeschickt? »Und wann kommt er wieder?«

»Weiß der Geier«, antwortete Paul und trat nach meinen Spielsachen. »Hättest du bloß die Scheiße mit deinen Haaren nicht gemacht, du Irre.«

Paul war wirklich wütend, er tat nicht nur so, dabei hatte ich immer gedacht, er würde Onkel Daniel nicht mögen. Ich bekam langsam Angst. »Ich war es doch«, sagte ich atemlos, damit er nicht rüberkam zu mir und mich auch trat. »Ich habe es doch gemacht. Dann müssen sie mich doch wegschicken und nicht Onkel Daniel.«

Paul kniff die Augen zusammen, und ich dachte schon, er wollte mich schlagen, als sich seine Augen wieder entspannten und er die Nase hochzog. »Genau«, sagte er. »Aber die sind ja noch viel bescheuerter als du.« Damit meinte er unsere Eltern. Dann ging er, ohne noch ein weiteres Wort zu sagen, und ich fühlte mich ein bißchen erleichtert, bis mir die Sache mit Onkel Daniel wieder einfiel.

Ich wußte nie, wann jemand ging, und ich wußte nie, wann jemand zurückkam. Meine Eltern vergaßen auch wieder. Er mußte jetzt in seiner Wohnung bleiben, dann durfte er irgendwann wieder zu uns kommen. Stubenarrest hatte ich auch ständig.

Ich biß von meinem Brot ab und malte weiter an dem Haarbild. Allerdings war ich schuld, daß Onkel Daniel heute kein Abendbrot bekam, und das tat mir wirklich leid.

Es ist fast wie früher: Wenn er mich berührt, mit seinen unsterblichen Händen berührt, bin ich hellwach. Ich spüre ein Kribbeln bis in die Fingerspitzen. Ich spreize meine Zehen und strecke die Hände über den Kopf. Ich stütze mich auf und beobachte den Restaurator. Er schläft mit halboffenem Mund, ein dünner Speichelfaden rinnt über sein Kinn. Die Augen hat er nicht ganz geschlossen. Wenn ich mich in einem bestimmten Winkel unter ihn lege und zu ihm hochblicke, dann wacht er auf, weil er mich sehen muß.

Es ist nicht so schlimm wie bei Paul, wenn er ins Dunkel starrte. Auch die Berührungen sind anders: Sie haben nichts mit Heuschrecken zu tun. Unter dem Restaurator sehe ich mich um, warte auf seine Hände, stöhne ein bißchen, um ihn zu erregen.

»Ich kann früh den Zerfall erkennen, die kleinen Linien, siehst du?« hat er mir erklärt.

Ich denke an die Falten in meinem Gesicht, auf meiner Haut. All die feinen Risse.

»Bei guter Pflege sind auch Werke aus organischen Materialien erstaunlich haltbar.«

Ich warte darauf, daß er die Risse kittet.

»Dabei muß ich genau unterscheiden können zwischen technisch Möglichem und ethisch Vertretbarem. Ich stehe auf der Seite der Kunstwerke, nicht der der Künstler.« Er lächelt ein selbstbewußtes Lächeln. »Vor allem monochrome Bilder werden sofort übermalt: Die Künstler geben dazu meist ihr Einverständnis, ertragen nicht den kleinsten Kratzer. Ich schuppe die Übermalungen ab, damit nicht nur die Bildidee erhalten bleibt. Was darunter zum Vorschein komm, ist weder das alte noch das neue Bild.«

Er denkt, ich bin seine Verbündete.

»Ich bin die letzte Instanz im Umgang mit den Werken.«

Er denkt, daß er Macht über mich hat. Dabei braucht es nur ein wenig blanke Haut, und er weiß von keiner Ethik mehr. Ich beobachte ihn, wie er schläft, wie sich sein Brustkorb gleichmäßig hebt und senkt, und betrachte das Bild, das über dem Bett hängt: »Faun, eine Frau enthüllend«. Ein Mann mit Hörnern und Pferdeschwanz zieht eine Decke von einem unförmigen, mit knappen Linien angedeuteten Frauenkörper. Durch das in klaren Linien gemalte Fenster scheint der Mond auf die kniende Figur des Fauns, der in sachter, fordernder Bewegung die Decke hebt. Eine erotische Spannung geht von der Geste des Tiergottes aus, eine wilde, selbstsichere Zärtlichkeit. Fast berührt er die konturlose, zerfließende Frau auf dem Bett. Wenn er sie zu wecken vermag, wird sie ihre Linien zurückbekommen, da bin ich mir sicher.

Der Faun sieht aus wie ein Minotaurus, den Henning einmal gemalt hat. Eine Ewigkeit liegt das zurück. »Die Triebnatur des Menschen weckt die Frau«, so oder so ähnlich hatte Genna damals die Interpretation aus dem Katalog vorgelesen. Ein falsches Versprechen, so weiß ich jetzt, ein Versprechen, das Henning nur zu malen vermag.

Nackt spüre ich die weiche Schwere des Lakens, neben mir das Atmen des Restaurators, und überlege, was ich jetzt malen würde, nachdem der Faun mir die Decke weggezogen hat. Was die Leute amüsiert und was 'nen Vogel auf dem Kopf hat, was sonst?

Schwarze Bilder. Sie waren für Onkel Daniel. Weil er nicht mehr kam, malte ich alles schwarz: Häuser, Autos und Bäume. Schwarze Kinder.

Auch wenn er nicht mehr kommen durfte, wenn er mich nicht mehr sehen durfte, ob mit oder ohne Haaren, verstand ich nicht, warum er es nicht doch tat. Gab es so etwas wie Verlassenwerden? Wir hatten zusammen Mädchen mit Igelborstenhaaren gemalt, gelbe Autos und ganz, ganz viele Gesichter. Das konnte man sich doch nicht einfach so verbieten lassen, oder?

Mein schwarzer Wachsstift war inzwischen ein Stummel, doch ich hörte nicht auf zu malen.

Wenn die Welt schwarz war, gab es niemanden mehr, der darin wohnen mochte, und ich konnte gehen, wohin ich wollte. Ich konnte meine Haare abschneiden und Onkel Daniel besuchen. Der lebte in einer kleinen Kammer unter dem Dach, und dort war alles voller Bücher und Zeitungen. Überall waren sie, stapelweise. Blumen waren darin abgebildet und beschrieben, nur viele, viele Blumen. Manchmal zeigte er mir eine besonders schöne, und ich durfte sie ausschneiden und behalten. Wir gingen nicht oft zu ihm, weil es so unordentlich war, fand meine Mutter. Durch eine kleine Luke konnte man auf den Garten vor dem Haus sehen. Der war ganz verwildert und wäre sicher ein prima Versteck gewesen, aber meine Mutter ließ uns nicht dort spielen.

»Warum machst du den Garten nicht so schön wie in deinen Büchern?« hatte ich Onkel Daniel gefragt.

»Weil er verwunschen ist«, war seine Antwort.

Ich habe einige Leute auf der Straße nach seinem Haus gefragt, dem Haus, wo er unter dem Dach wohnte, mit all seinen Büchern. Ich hab ihnen genau beschrieben, wie es aussah, aber sie konnten mir nicht den Weg dorthin zeigen.

Er hätte mich finden können, wenn er nur gewollt hätte. Ich war doch hier, hier an meinem Schreibtisch.

Manchmal waren meine Eltern weg. Manchmal fuhren sie einkaufen oder sahen sich einen Film an, und dann saß ich vor dem Telefon und wartete. Er mußte doch wissen, daß sie manchmal weggingen. Sie konnten doch nicht ewig hiersein, und ich konnte ewig warten. Das konnte ich.

Mir war so schlecht, und das Warten tat mir weh. Vielleicht würde ich am Schwarz sterben, vielleicht.

Ich legte meinen Kopf, der schwer war wie ein Stein, auf das Bild, das einmal eine Sonne gewesen war. Ich sah die Krümel auf dem Schwarz, riesige Krümel. Als ich so da lag, war Schwarz eine Welt. Tot sollte sie sein, ganz tot. Sie sollte einfach nur tot sein.

Henning freut sich, daß ich wieder male. Ich sage ihm, daß ich Bücher über Blumen brauche. Ich will einen Garten malen.

»Fein. Früher hast du es gehaßt, wenn du Obst malen solltest.«

»Obst und Blumen sind nicht das gleiche«, sage ich ihm.

Ich beginne mit einer blaßrosafarbenen Rose mit blauen, verschrumpelten Blättern in Aquarelltechnik. Blumen müssen erst wachsen, um sich unsere Aufmerksamkeit zu verdienen.

Danach male ich einen Veilchenstrauß: blaue Blüten, blaugrüne Blätter. Der Strauß liegt auf einem Tisch und erinnert mich an die Zeit, in der ich Obstkörbe zeichnen mußte. Ich male das Bild nicht zu Ende.

Langsam, ganz langsam nähere ich mich grünen Blättern, die wie Teller schneeweiße Seerosen anbieten. Alles schwimmt, versteht sich. Über das Wasser erstrecken sich Zweige, wie ein Vorhang. Blau und Grün sind so schön zusammen, daß ich fast bedauere, die Seerosentupfer aufgehen zu lassen. Ich male sie ein wenig grau, wie im Regen.

Ich weiß, daß ich mich drücke. So werde ich Onkel Daniel nie finden, in Wassergärten voll verregneter Blumen. Sein Garten ist bestimmt leuchtend groß, wild überwuchert mit verschlungenen Pfaden. Ein Dschungel. Ein Versteck.

»Und? Hast du viele Blumen?« frage ich das nackte Papier vor mir. Zuerst ganz viele, denke ich mir. Blumen – die hingen bei meiner Mutter im Nähzimmer.

Ich seufze und tauche den Pinsel in tiefes Rot. Es muß sein.

Rote Blütenblätter mit feinen Äderchen, zartblaue Veilchen, leuchtendgelbe Tulpenköpfe: Es muß eine Menge davon geben in seinem Leben. Er war immer fröhlich, hatte soviel Phantasie und konnte wunderschön ausmalen.

Ich bemühe mich, nie über die Linien zu malen, ich bemühe mich wirklich, Onkel Daniel.

Jetzt kommt das Grün. Ich lasse es wachsen. Zuerst in Blütenblättern und Stielen, in Trieben und in frischem Gras. Grün zum Schuheausziehen, zum Draußenherumlaufen, barfuß, mit nassen Haaren. Ein fröhliches, gelbliches Grün.

Draußen vor unserem Haus gab es einen Garten mit Veranda, auf der man sitzen und Kaffee trinken konnte. Ich sehe Onkel Daniel auf dieser Veranda, wie er mir zulächelt und winkt. Meine Mutter kommt und ruft mich nach drinnen und ist böse mit mir. Ich gehe die Stufen hoch in das Haus, und Onkel Daniel hält mich am Arm zurück: »Du mußt dich verstecken, Kath«, sagt er.

Dann passiert es. Etwas kommt und vertreibt ihn von unserer Veranda. Ich schließe die Augen vor dem Bild, auf dem Blumen wachsen und frisches, grünes Gras. An den Wurzeln beginnen die Heuschrecken zu nagen.

Mein Großvater trinkt seinen Tee, sitzt in seinem Stuhl. Im Garten setzt Onkel Daniel sich im Schneidersitz auf den Boden, wartend. Meine Tigertante höre ich durch das Fenster im Wohnzimmer, wo sie meiner Mutter die Kehle durchbeißt.

Ich bin noch da. Siehst du mich nicht, Onkel Daniel? Ich bin hier, weil draußen meine Haare naß werden und ich ausgeschimpft werde.

»Du liebst doch den Regen«, höre ich seine Stimme. »Komm heraus in den gelben Regen und spiel Verstecken mit mir.«

Ich kann nicht raus, und da sehe ich schon das Gras wachsen. Über sein Knie reicht es, vom Baum rankt sich Efeu bis auf seine Schulter, wie Ameisen kriecht der Löwenzahn seine Hosenbeine hinauf. Er streckt die Hände aus und läßt Blumensamen auf sich hinabregnen. Noch kann ich ihn sehen, wie er lächelt. In seinem Mund wächst eine Amaryllis.

»Dein Haar ist ja ganz grün, Onkel Daniel«, sage ich und muß lachen. Er sieht so lustig aus. Es ist ein Spiel.

»Komm, spiel mit«, sagt er, und das klingt ganz dumpf mit seinem Mund voller Erde.

Aber wir können Paul nicht verlassen, Frank und ich, Paul, das kleine Tier, das nachts in seine Höhle zurückkriecht.

»Ich kann ihn nicht verlassen«, rufe ich Onkel Daniel zu. »Verstehst du nicht?« Wir sind seine Höhle.

Onkel Daniel will traurig den Kopf schütteln, aber Efeuranken winden sich um sein Genick. Das Grün wird dunkler, und bald sehe ich nur noch seine Augen. Seine weißen Augen, wie Seerosenblätter.

Dann ist er weg.

Ich stehe vor dem Bild und wische mir den Schweiß von der Stirn. Giftig grüne Ranken schlingen sich um mein Handgelenk, und ich lasse den Pinsel fallen. Langsam ziehen sie sich zurück auf das Blatt, das grün ist und nur grün. Drachengrün.

Tränen laufen mir übers Gesicht, mein Haar hängt mir wirr in die Augen. Wenn man nicht weiß, wo er sitzt, kann man ihn nicht sehen. Ich weiß es. Da in der Mitte, wo der Hügel ist. Der Hügel mit den zwei weißen Seerosen.

Grün ist die Farbe der Drachen. Was eigentlich niemand weiß, da noch keine menschliche Seele einen Drachen gesehen haben dürfte. Kinder vielleicht. Die, die noch eine kleine Seele und dafür ein unbegrenztes Vertrauen in die Kraft des Lebens haben. Aufkeimende Natur, die bis in den Himmel reicht und im Wasser geboren wird. Das ist Grün.

Drachen sind geflügelte Schlangen, die eigentlich auf dem Bauch kriechen sollten oder in der See geboren wurden. Was macht sie so mächtig? Was verleiht ihnen Flügel, damit sie nach dem Boden auch noch die Luft bereisen können? Sie beherrschen das Feuer, das sie speien, und, als letztes Element, das Wasser. Ja, auch das. Und ohne Wasser gibt es kein Leben, kein Grün: Die Welt wäre Braun und verbrennendes Gelb. Drachen tragen die Farben des Lebens und beherrschen die Elemente.

Und sind doch gefährlich.

Ich weiß von den Versuchen der Maler, Grün in ihre Bilder zu bringen und, was weit schwieriger war, auch zu erhalten. Die Augenschminke der Ägypterinnen aus Malachit, Seladongrün als Verwitterungsprodukt verschiedener Gesteine, die älteste künstlich hergestellte Farbe Grünspan und das hochgiftige Schweinfurtergrün. Ich habe Bilder alter Holländer gesehen, die es mit der alten Blau-Gelb-Mischung versuchten, und deren Bäume jetzt außerirdisch Blau sind, weil die pflanzliche Lasurfarbe mit der Zeit ausgeblichen ist. Das brillanteste Grün in der Geschichte der Malerei war zugleich die tödlichste Farbe, die je gemischt wurde.

Symbolisiert wurde es von jeher von den Drachen. Denn Grün, der Ursprung allen Lebens, ist auch ein Symbol der Fruchtbarkeit. Und wie die Pflanzen im Dschungel wuchern können und nicht mehr zu beherrschen sind, so liegt im Grün auch die Leidenschaft, die ungezügelte Sexualität. Grün, der alte Drache, wurde das Symbol der Erbsünde.

Wenn ich jetzt wieder Grün male, dann weiß ich das alles. Stehe vor weißer Leinwand, atme den Hauch von Gift ein und spüre, wie mein Pinsel anfängt zu sprießen, kleine Blätter entwickelt und Äste. Der Drache fliegt wieder. Ist das genaue Gegenteil vom rot brennenden Phönix, und doch... Wenn ich zu lange ins Grün starre, sucht mein Auge seinen Gegenpol, erschafft Rot und umgekehrt. Und das ist das Grün, das letztlich bleibt.

Der Restaurator wird rot, stottert und hat ein furchtbar schlechtes Gewissen, wenn er Henning trifft. Henning im Gegenzug hat ein furchtbar schlechtes Gewissen, wegen meiner Bilder unter seiner Signatur. Wenn er Sven begegnet, wird auch er rot und stolziert herum wie ein Hahn.

Ich stehe in der Mitte und fühle mich wie eine Hexe. Die beiden Männer verstummen und werden verlegen.

Als die Restaurationsarbeiten an beiden Bildern beendet sind, sage ich Henning, daß ich Sven auch weiterhin sehen werde.

Henning ist mißtrauisch. »Warum? Was willst du von dem Kerl?«

Ich sage ihm, daß ich »den Kerl« mag. Da ich selten jemanden mag, weiß er, wie es gemeint ist.

»Meinst du nicht, du solltest vorsichtiger sein? Ich meine, hinterher verplapperst du dich noch wegen der Bilder. Streng genommen ist das Betrug, was wir hier machen, Katharina.«

Was wir hier machen. »Ich passe schon auf.«

Henning runzelt die Stirn. »Vielleicht habe ich da auch noch ein Wörtchen mitzureden, mit wem meine Frau sich rumtreibt.«

Es ist traurig und in gewisser Weise auch langweilig, daß es so kommen muß. »Können wir das nicht einfach auslassen?« Ich bin viel zu müde, es ihm mit seinem Modell heimzuzahlen.

Er regt sich furchtbar auf, schreit mich an, tanzt herum wie ein Derwisch. Ich werde müder und müder, und während er schreit, denke ich an Bilder, die nie gemalt wurden und die schwarz werden wie im Feuer

Dann ist es wieder ruhig, und er sitzt auf dem Sofa, den Kopf auf die Hände gestützt.

»Es tut mir leid, Henning«, sage ich ihm, und das tut es wirklich.

Er erwidert nichts, sieht mich aber an. »Das kann so nicht weitergehen«, sagt er schließlich.

Da ich keine Anstalten mache zu antworten, ist er es schließlich, der sich erhebt. »Ich gehe ins Atelier«, sagt er. Im Flur höre ich ihn mit seinem Modell telefonieren.

Ich wußte gar nicht, was ich dazu sagen sollte. »Wieso?« fragte ich und starrte ihn mit offenem Mund an.

»Na, das ist doch klar«, antwortete Frank. »Weil das Gefahr bedeutet. Gelb und Schwarz zusammen bedeuten Gefahr. Das ist eher eine Wespenkombination.«

Er mußte es ja wissen: Immerhin wollte er später mal Biologie studieren, falls er nicht Soldat werden konnte. Ich blickte auf meinen Schmetterling, von dem er gerade gesagt hatte, er ginge so nicht. »Dann male ich eben eine Wespe.«

»Mal doch einfach einen Schmetterling in Blau und Rot, meinetwegen auch Schwarz und Rot.«

Ich guckte ihn verächtlich an. Es ging um Farben, nicht um Biologie. Ich legte das Blatt beiseite und nahm ein neues. »Wie sieht eine Wespe aus?«

Frank schüttelte den Kopf, entschloß sich aber doch, mir zu helfen. »Ich hole ein Buch«, sagte er und war verschwunden. Mit einem dicken Band über Insekten kam er kurze Zeit später zurück. »Es gibt auch Wespenbienen, Wespenböcke, Wespenbussarde.« Ich wartete, während er die Zeilen überflog. »Also Wespen sind Hautflügler und...«

»Wie sehen sie aus?« Ich wußte natürlich, wie Wespen aussahen. Aber um sie zu malen, brauchte ich ein genaueres Bild.

»Sekunde mal, es gibt nämlich ganz viele Arten.« Er blätterte. »Also gut. Der Kopf ist so rund, hier, siehst du? Und schwarz.« Er wartete, bis ich einen Kopf aufgemalt hatte. »Und dann kommt die Brust, die ist durch einen tiefen Einschnitt vom Kopf getrennt. An den Kopf kommen noch die Mandibeln, das sind die Oberkiefer hier, siehst du?« Er zeigte mit dem Finger auf den Mund der Wespe. »Und die Flügel«, fuhr er fort, als ich die Dinger gezeichnet hatte, »sind durchsichtig.« Na toll. Deshalb hatte ich ja auch ursprünglich einen Schmetterling malen wollen. »Und dahinten, das ist der Giftstachel.« Was sie dann doch interessanter machte als einen Schmetterling. »Der hat keine Widerhaken, und deshalb stirbt die Wespe auch nicht, wenn sie gestochen hat.«

»Wieso sollte sie sterben?«

»Bienen tun das. Die stechen einmal und gehen dann drauf, weil der Stachel in der Haut stecken bleibt. Aber dann muß man sie schon echt gereizt haben. Wespen sind viel aggressiver.«

»Was heißt das?«

»Wütender.«

»Wespen sind wütend?«

»Klar, weil sie wissen, daß sie bald sterben müssen. Sie leben nur ein Jahr, und im Herbst haben sie keine Aufgabe mehr. Müssen keine Larven mehr aufziehen und so. Dann fliegen sie rum und nutzen das noch mal aus. Stürzen sich auf jeden Kuchen, den sie kriegen können, und man darf sie nicht wegscheuchen.«

»Warum nicht?« Den Stift noch in der Hand, hatte ich das Zeichnen völlig vergessen.

»Weil sie eigentlich Jäger sind. Sie reagieren auf Bewegung.«

»Und was jagen sie?«

Frank zuckte mit den Schultern. »Käfer und Fliegen hauptsächlich, glaube ich.« Er schaute wieder in sein Buch. »Aber das muß ich noch mal nachlesen.« Völlig versunken ging er aus dem Zimmer.

Ich saß vor meinem angefangenen Bild, auf dem ein Wespenkopf und ein Wespenbauch zu sehen waren, dazu ein langer Stachel und keine Flügel, weil die unsichtbar waren. Schwarz und Gelb. Wer immer die Wespe auch erfunden hatte, er hatte es richtig gemacht, sie so anzumalen.

»Viele Künstler glauben, ihr Werk in einen geschichtslosen Raum stellen zu können«, erklärt Sven mir zum wiederholten Male. »Vor allem diejenigen, die mit sehr feinen Oberflächenstrukturen arbeiten. Die akzeptieren keine Alterungsspuren und übermalen ihr Bild oft schon beim kleinsten Kratzer. Das heißt, die Bildidee wird restauriert und nicht die originale Substanz, verstehst du?« Er hat mir das alles schon einmal erklärt. Jetzt lächelt er und streicht sich durch sein Haar.

»Und du hinderst sie daran, das zu tun.« Das ist eine Feststellung, keine Frage.

»Ich versuche es zumindest. Wenn sie ihre Bilder einfach übermalen, sehen sie aus wie eine neue Kopie einer alten Arbeit.«

»Ist das nicht überheblich?«

Er lächelt noch breiter. »Ich sagte dir schon, daß ich auf Seiten der Kunstwerke stehe, nicht auf der der Künstler.« Er erzählt mir stolz über Backwerke und zusammengenähte Orangenschalen und wie er sie vor dem Zerfall gerettet hat. Und den Mäusen.

»Die Zeit nicht anhalten, aber langsamer machen«, sagt er schwärmerisch.

Er begegnet der Zeit mit Plastik und Mäuseköder, wie unromantisch. Aber warum mit ihm streiten? Am Anfang dachte ich noch, seine Hände könnten in mir etwas wecken. Vielleicht konnten sie das auch. Jetzt sehe ich ihm zu, wie er den Verfall aufhalten will. Es ist so hoffnungslos.

Meine Mutter ist in ihrem Bett verbrannt, unter meinen Bildern, unter einem Bild von Paul. Zwischen uns gibt es nichts mehr zu sagen. Onkel Daniel sitzt in seinem Garten und kann nicht mehr sprechen, mit einem Mund voller Erde.

Ich stehe auf dem Campus und lasse die Menschen um mich herumfließen, während ich auf Genna warte. So viele junge Gesichter mit so vielen Ideen, Millionen von bunten Pinselstrichen, Tupfern, Punkten. Ich mag die Farben, sauge die Farben in mich auf. Ich schaue nicht zum Himmel.

Frank hatte nur ein Auge und Haare, die ihm zu allen Seiten abstanden. Vor einer Ewigkeit habe ich ihn gemalt, und ich kann mich noch an das Kleid meiner Mutter erinnern, das er anhatte. Oder war es ein Morgenmantel? Irgendwie war er besessen. Von der Idee, besser sein zu müssen, von Spiegeln, denen er nicht aus dem Weg gehen konnte.

Ich weiß nicht, ob ich ihn heute noch malen könnte. Ich weiß nicht, ob ich es versuchen sollte.

»Hallo, Kath!« Genna winkt mir zu. Mit schnellen Schritten schiebt sie sich durch die Masse aus sich bewegenden Punkten. »Himmel«, stöhnt sie und setzt sich neben mich. »Was für ein Gedränge. Und?« Sie knufft mich in die Seite. »Hast du dich angemeldet?«

Ich gebe ihr meine Kursbestätigung, während sie in ihrer Tasche kramt.

»Malerei des Nordischen Symbolismus«, liest sie vor. Sie hat die Zigaretten gefunden und zündet sich eine an. »Mußte es wieder etwas so Düsteres sein?«

»Gerade«, lächele ich. »Ich mag Stürme immer noch.«

»Ja, ja«, sagt sie. »Nicht, daß du wieder abtauchst. Du hättest etwas Fröhlicheres nehmen sollen, etwas Bunteres. Es gibt einen schönen Kurs bei Professor Lennertz über Pop-Art. Oder hier«, sie schwenkt ihre eigene Anmeldebestätigung. »Combine Painting. Wieder schwer im Kommen.«

»Bilder bekleben? Nein, danke.« Ich winke lachend ab.

»Täte deinen Arbeiten ganz gut.« Sie spielt auf eine Reihe Studien an, die allesamt sehr monoton geraten sind. Es ist das viele Grün, das sie nicht versteht.

Ich gehe nicht weiter darauf ein. »Wollen wir nach Hause gehen?« versuche ich abzulenken. »Ich könnte uns etwas kochen.«

Sie schüttelt den Kopf. »Geht nicht. Ich bin noch verabredet.« Sie läßt die halb gerauchte Zigarette fallen und tritt sie aus. »Er ist sehr nett, ohne Ehering und mit mir im Combine-Painting-Kurs«, antwortet sie mir auf meinen fragenden Blick. »Wir wollen zusammen die Literaturliste durchgehen.« Sie zwinkert mir zu.

»Auch gut.« Ich erhebe mich und klopfe meine Hose ab. »Ich werde etwas einkaufen.«

»Du brauchst nicht auf mich zu warten«, sagt sie. Mit einem Winken ist sie verschwunden.

Ich werde etwas zu essen besorgen, in Gennas Wohnung gehen, die seit einiger Zeit auch meine ist, und kochen.

Henning konnte es nicht verstehen, als ich ein paar Sachen packte und zu Genna zog. Nach dem Toben und dem Sturm fragte er nach dem Warum. Es ist der Restaurator, nicht wahr? Aber der war es nicht, weil der es auch nicht verstand, als ich ihm sagte, daß ich nicht mit ihm zusammenziehen wollte.

Ich überlege mir, ob es eine Farbe für dieses Unverständnis gibt, das wie ein großes Fragezeichen wirkt, unter dem ich hindurchschlüpfen kann. Hat Gott Humor?

Zunächst fühlte ich mich gar nicht befreit. Ich lag in Gennas Gästezimmer, starrte an die Decke und sehnte mich. Nach Hennings Armen, nach Svens Armen, nach Pauls Armen. Aber daran wollte ich lieber nicht denken, daran nicht.

Ein paarmal schwappte eine Welle über meinen Kopf hinweg, aber nur kurz: Als ich blinzelte, war sie verschwunden. Auch ein bißchen traurig. Ich mußte an das Märchen vom kleinen Meermädchen denken, das ihre

Flosse gegen ein paar Beine eintauschte, und jeder Schritt tat so weh, als ginge sie auf Messern. Wofür hatte sie es getan? Ach ja, für die Liebe. Wofür tat ich es? Um am Strand herumzulaufen. Um überhaupt mal am Strand anzukommen.

Sven zu treffen wurde immer anstrengender: Er wollte eine Beziehung und mir Zeit geben. Dabei brauche ich gar keine Zeit, und er muß nicht warten, auf niemanden. Weil er das nicht versteht, sehe ich ihn nur noch selten.

Später stürzte sie zurück ins Meer, stumm, entehrt, gedemütigt. Das Meermädchen, meine ich. Und ging auf im Wellenschaum. Manchmal, nachts, wenn ich keinen Laut hören konnte von Genna und noch nicht einmal ein Auto vor meinem Fenster vorbeifuhr, dann sehnte ich mich danach, nach Hause zu kommen. Als Wellenschaum hin- und herzuwiegen, ohne Beine und ohne Seele. Aber ich bin an Land gekrabbelt, nicht wahr?

Henning ruft oft an. Manchmal hat er eine weinerliche Stimme und will, daß ich zu ihm zurückkomme, manchmal ist er wütend und beschimpft mich. Manchmal, wenn er ganz ruhig ist, kann ich den Henning spüren, in den ich mich verliebt hatte. Dann lege ich auf, bevor das Gefühl der Geborgenheit mich überflutet. Blaue Heimat.

Ich muß alleine sein können, ich muß. Ohne im Schnee zu vergehen, im Blau zu ertrinken oder anderen Unsinn zu machen. Ich muß schwimmen lernen in Blau. Ich muß mich festhalten an etwas und darf nicht mehr loslassen. Es muß möglich sein, mit Farben zu leben und nicht in ihnen. Ich muß ihnen widerstehen.

In meinem neuen Zimmer entkorke ich eine Flasche Wein, stelle sie auf den Stuhl neben mein Bett. Vielleicht werde ich sie brauchen.

Ich lese Franks Briefe an mich, die, die ich nie beantwortet habe. Briefe über die Frösche und Tante Eva, Briefe, die mich zum Lachen bringen sollten. Und immer der letzte Satz: »Antworte doch, Katharina. Antworte mir doch.«

»Ich gehe zur Bundeswehr«, schrieb er mir, als er schon keine Hoffnung mehr auf einen Brief von mir hatte. »Dann verdiene ich Geld und kümmere mich um Paul und dich.«

Ich habe darauf gewartet, daß du uns befreist, Frank. Aus dem Sonnenuntergang stürmst, die Wachen erschießt und uns mitnimmst.

Aus meinem Koffer im Schrank hole ich Franks Briefe an Paul hervor.

Aufstehen, frühstücken, am Schreibtisch sitzen, dann eine Stunde Mittagspause, Essen im Casino oder in der Kantine, Schreibtischarbeit, abends Sport oder Kartenspiele: Franks Leben war die Regel, draußen lauerte das Chaos, draußen warteten Paul und ich auf ihn.

Zwischen seiner Ordnung, die er Paul schilderte, kann ich die Erleichterung herauslesen, daß wir eingesperrt waren. Eingesperrtsein hatte nichts Schlimmes für Frank. Die akkurat gemachten Betten. Morgens ein Trompetenstoß, mit dem die Welt wieder aufwacht.

Aufgespießte Käfer, Reihe für Reihe, darunter Schilder mit ihren Namen, ein leichtes Zucken der Beinchen. Lange wollte er Biologie studieren. Und natürlich immer Soldat sein.

Frank in »Apocalypse now«, hinter seinem Rücken die Hubschrauber aus dem Sonnenuntergang, der Geruch von Napalm am Morgen. Mit seiner Augenklappe sieht er verwegen aus. Unter seiner Uniform lugt der Morgenrock meiner Mutter hervor.

Das sei egal, habe ich ihm versichert. Und er hat geschwiegen, weil er mein großer Bruder war. Er hat mich beschützt. »Sicher«, hat er gesagt und so getan, als ob er mir glaubt. Bis es nicht mehr ging.

»Ich kann den Spiegeln nicht mehr aus dem Weg gehen, verstehst Du, was ich meine, Katharina? Es ist in mir.«

Ich weiß, Frank. Ich weiß. Lehn dich an mich. Komm, lehn deinen Kopf an meine Schulter. Ich bin stark: Ich bin jetzt erwachsen. Du mußt mich nicht mehr beschützen. Du mußt dir keine Sorgen mehr um uns machen, um Paul und mich. Du warst unser großer Bruder, Frank.

Wir sollten still sitzen, dabei war ich es gar nicht, die störte: Frank pikste mich in den Rücken. Als ich mich umdrehte, um ihm zu sagen, er solle damit aufhören, sagte der Fotograf gerade: »Und Schuß«, und natürlich bekam ich wieder den Ärger.

Außerdem befahl er uns die ganze Zeit, wir sollten auf das Vögelchen achten. Das auf seinem Kopf. Ich fand das faszinierend und starrte ihn die ganze Zeit an, zumindest so lange, bis Frank mich von hinten in den Rücken stach.

Unsere Lieblingssachen sollten wir mitbringen, und Frank hatte seine Uniform an. Eigentlich war es nur ein Trainingsanzug mit Leopardenmuster, aber Frank war ganz versessen darauf. Siehst aus wie ein Veteran, sagte Paul. Ich wußte nicht, was ein Veteran war, und es erklärte mir auch niemand. Statt dessen sollte ich still sitzen.

Keine Rüschen, da hatte ich so lange geschrien, wie es ging, aber dafür mußte ich ein Kopftuch tragen, damit man meine Stoppelhaare nicht sah. »Du siehst aus wie eine Kriegsgefangene«, stöhnte meine Mutter. Trotzdem, das Kopftuch gefiel mir, Irma hatte auch eins, und ich fand das toll.

Paul hatte sich den Bogen von Frank ausgeliehen. Er hatte nun mal keine eigenen Lieblingssachen. Jetzt zielte er auf den Fotografen, und meine Mutter nahm ihm die Pfeile weg, damit nichts passierte und er dem Fotografen nicht auch noch ein Auge ausschoß.

Der Fotograf fragte, ob wir immer so lebendig seien.

Aha, wir waren also lebendig. Ich auch, obwohl ich gar kein Junge war. Zur Belohnung saß ich gerade und anständig, bis Paul mir mit dem Bogen auf den Kopf schlug.

Ich schrie, und er sagte, es war ein Versehen, aber das war es nie: nicht bei Paul. Meine Mutter sagte gar nichts, flehte uns auch nicht mehr an, sondern stand nur an die Wand gelehnt da, die Arme verschränkt. Ich sagte ihr, sie solle Paul bestrafen, aber sie antwortete nicht.

Frank hatte seine Pistole gezogen und feuerte jetzt auch auf den Fotografen. Paul wollte seine Pfeile wiederhaben oder wenigstens eine von Franks Pistolen. Frank gab ihm keine ab, und beide rauften hinter meinem Rükken herum.

Der Fotograf versprach uns ein Eis, wenn wir nur eine Sekunde ruhig wären, aber Frank und Paul hörten nicht auf, und mein Kopf juckte vom vielen Warten, und ich schob das Kopftuch schräg über mein Gesicht, weil ich jetzt Pirat war und die konnten viel mehr als Soldaten.

»Ich will auch Pirat sein«, schrie Paul, und Frank wollte plötzlich auch mitmachen und gleich Chef werden, weil er ja schon die Augenklappe hatte. Für einen kurzen Augenblick waren wir uns einig, alle Piraten auf einem schwankenden Schiff, das der Tisch war, und kurz bevor das Schiff kenterte und die Piraten zu Seeungeheuern werden konnten, schaffte es der Fotograf »Wo ist denn das Vögelchen?« zu rufen. Als wir ihn verblüfft anstarrten, blitzte er uns in die Augen. »Na endlich«, sagte er, und wir waren blind.

Henning hat sich angekündigt, und ich führe ihn in die Küche. Mißbilligend sieht er sich um, setzt sich an den Tisch. Ich biete ihm einen Kaffee an und stelle eine dampfende Tasse vor ihn hin. Keine Milch, keinen Zukker: Ich brauche nicht zu fragen.

»Willst du dich scheiden lassen?«

Ich habe darüber nicht nachgedacht. An alle habe ich gedacht, nur an ihn nicht. »Ich weiß es nicht«, antworte ich. »Und du?«

Henning sagt lange nichts. »Ich gehe nach Paris für ein Trimester, vielleicht länger. Ich will, daß du mitkommst. Ich will, daß meine Frau mitkommt.«

Ich denke an die vielen Partys, die es in Paris geben wird, und mir wird kalt. »Das wird nicht gehen«, sage ich nur.

Er nickt. Er hat wohl auch nicht damit gerechnet, daß ich ihn begleite. »Nein«, sagt er, »ich will mich nicht scheiden lassen von dir.« Es ist wieder ruhig zwischen uns beiden, und ich will ihm gerade etwas anbieten, einen Keks, irgend etwas, als er auf das Foto zeigt: »Bist du das?«

Ich habe es in die Küche gehängt, weil ich es witzig finde. Es gab auch schöne Momente. »Ja«, sage ich.

»Du siehst verwegen aus.«

Und sehr lebendig. »Da hatte ich ganz kurze Haare«, erwidere ich. Dann ist es wieder still.

»Ich habe ein Bild gemalt«, beginnt Henning nach einer Weile. »Es ist sehr gut geworden, denke ich. Sehr ausdrucksvolle Farben. Ich bin fast fertig. Wäre schön, wenn du es dir mal angucken würdest.« Er blickt hoch.

Ich sehe seine Augen, den sicheren, selbstgerechten Blick, Augen wie die See. Seine gerunzelte Stirn, in die Haarbüschel ragen.

»Das würde ich gern«, antworte ich. Er ist immer noch ein großer Maler.

»Gut«, sagt er. Er steht auf, wischt seine Hände an der Hose ab. »Dann sehen wir uns, bevor ich fahre.«

Ich nicke und begleite ihn zur Tür. Er geht, ohne ein weiteres Wort, ohne eine Umarmung, und dafür bin ich ihm dankbar. Nach ein paar Schritten dreht er sich noch einmal um. »Sag deinem Bruder...«, höre ich, aber das kann nicht sein, denn er sagt nichts, hebt nur noch einmal die Hand und winkt mir zu. Außerdem weiß der es ja schon.

»Hallo, Paul.« Ich nehme ihn bei der Hand. Er ist ganz klein und hat schwarze Augen vor Wut. Behutsam führe ich ihn in meinem Zimmer zu der Leinwand.

Er zuckt davor zurück wie vor einem Spiegel.

»Du mußt keine Angst haben. Sieh her: Sie ist leer, siehst du?«

Er streicht eine schmutzige Haarsträhne aus seinem Gesicht, es ist eine trotzige, harte Bewegung.

»Setz dich hin, ja, da hinüber. Willst du mir zuschauen?«

Er setzt sich, läßt die Beine baumeln. Sein Blick wandert demonstrativ gelangweilt durch das Zimmer.

»Es ist ein wenig eng hier«, entschuldige ich mich. »Ich bin gerade erst hierhergezogen und suche mir noch etwas Eigenes.«

Sein Blick wird aufmerksam. Er starrt mich an.

»Ja«, sage ich nachdenklich. »Ich suche etwas Eigenes. Aber vorher«, ich greife nach dem Pinsel, »vorher müssen wir reden, du und ich.« Mein Pinsel wandert über die Palette und wartet auf das Rot. »Rot, so warst du, als du auf die Welt gekommen bist, vor mir natürlich, rot und schreiend wütend, ganz verknautscht. So kann ich dich sehen, Paul. Du warst kein hübsches Kind. Du hattest abstehende Ohren und keine Nase. Weißt du eigentlich, daß ich immer Angst vor dir hatte?«

Ich beginne zu malen, während Paul mich vom Rand des Bettes aufmerksam beobachtet.

»Rot, ein wütendes Kind. Ich hatte Angst vor dir, weil ich dachte, du wärst böse. Du hast gelacht über meinen Hund. Du hast Frank ein Auge ausgeschossen. Obwohl, es hat dir leid getan, das mit dem Auge, nicht wahr?«

Ich sehe zum Bett. Er zuckt nur mit den Schultern.

»Daß du nie einen Hund bekommen hast, das war ich. Weil du gelacht hast über mein Bild. Und dann hast du selbst gemalt. Du mochtest es nicht, aber du hast gemalt, weil du alles nachmachen mußtest.«

Mein Pinsel matscht ungeduldig im Grün. Es muß jedoch langsam geschehen: Ich kann Paul nicht so einfach überfallen. Ich muß mich ihm nähern. Er ist wie ein kleines Tier: Wenn man es erschreckt, verschwindet es vielleicht für immer.

Ich schließe die Augen und versuche, mich zu konzentrieren. »Da war eine Schäferin auf meinem Teller, und ich habe dich gefragt, ob du Fleisch magst. Ob du Fleisch magst wie er, es so runterschlingst wie er, ob du so werden willst. Hast du mir geantwortet?« Ich kann mich nicht erinnern. Ich male weiter, was ich weiß.

»Dann weiß ich kaum noch etwas von dir. Von Frank, ja, aber nicht von dir. In der Zeit mußt du schon gespürt haben, daß sie nicht mit dir redet. Daß sie dich nicht sehen kann.«

Ich schaue zum Bett. Da sitzt er, ganz zusammengesunken, die Hände kneten in seinem Schoß. Er hebt den Kopf und starrt dunkel zu mir herüber. Seine Stirn liegt in Falten. »Da war kein Verständnis. Liebe? Ich weiß es nicht. Kein Verständnis. Vielleicht hat sie sich am Anfang noch bemüht, vielleicht.«

Er leidet. Immer noch. Ich kann es an seiner kleinen Gestalt erkennen auf meinem Bett, nicht an seinem Gesicht. Sein Gesicht wird immer böser.

»Du kriegst noch Falten vom vielen Böse-Gucken«, sage ich ihm. Habe ich ihm das schon einmal gesagt? Es kommt mir bekannt vor.

»Ich wußte nichts mehr von dir und war froh, dich nicht zu treffen. Du hast alles beendet, ich habe alles nur noch halb gemacht.« Dunkle Farben, ein lockendes Blau, es wird schlimmer.

»Sie hat mit ihrer Freundin in der Küche geredet und mit Frank, mit mir nicht mehr, mit dir sowieso nicht. Und dann ist sie gegangen, unsere Mutter.«

Keine Zeit ist dazwischen vergangen: Gelb, die perfekte Überraschung. Für uns gab es keine Warnung, keine, die ich jetzt noch wüßte.

»Sie war weg, und du bist verzweifelt.«

Seine Faust saust auf mein Bett hinunter.

»Oh, doch, bist du wohl. Sie konnte dich nicht mehr kennenlernen, sie konnte ihre Meinung nicht mehr ändern. Ihre Scheiß-Meinung.«

Ich bohre einen Punkt aus gelb schwärenden Farben.

»Weißt du, daß Großvater mir mal gesagt hat, sie sei verrückt? Nein? Ist ja auch egal. Das hat mich gerettet.« Aber es geht hier nicht um mich. Ich lasse den Pinsel sinken und sehe zum Bett. Paul ist älter geworden. Die Wut hat tiefe, bösartige Narben in seinem Gesicht hinterlassen. Sein Haar ist schmutzig und seine Augen funkeln. Die Arme hält er vor der Brust verschränkt.

»Er hat nur geheult und sich dann mit der Nachbarin getröstet. Du warst weg, hast dich geprügelt.«

Ich werde ungeduldig, bin müde. Die Zeiten fahren Karussell in meinem Kopf, und mein Arm schmerzt.

»Immer warst du weg, und dann, eines Abends«, ich greife zum Blau, »kamst du wieder und warst betrunken. Eigentlich warst du noch viel zu klein zum Trinken. Frank hat dich die Treppe hochgezogen, und ich habe die Angst in seinen Augen gesehen. Damals dachte ich noch, er hätte Angst um dich, heute weiß ich, daß er sich in diesem Augenblick selbst verloren gab.« Dunkelblau.

»Du warst stark, trotz allem. Du hast geschrien vor

Haß, als sie dich wegholten. Hast du auch geweint, heimlich, meine ich? Deine Augen waren nachts offen. Dir konnte nichts passieren. Nicht mehr. Nicht nach ihr.«

Ein roter Faden schlängelt sich durch das Bild wie eine blutige Schlange.

Ich blicke hoch, zum Bett hinüber. »Du siehst gut aus, weißt du das? Dein Hals ist schmutzig, du mußt dich öfter waschen: Du bist schon immer ein wenig schmutzig gewesen. Heute steht dir das gut. Da ist eine Narbe an deinem Hals. Du siehst aus wie ein Pirat. Wir waren alle einmal Piraten, wir drei, erinnerst du dich?«

Erschöpft lasse ich den Pinsel sinken und wische meine Hände an einem alten T-Shirt ab, das ich als Lappen benutze. »Und jetzt bin ich müde, Paul, ich bin so müde. Kann ich mich ein wenig zu dir legen?«

Drei Piraten starren in die Kamera, einer wilder als der andere, mit abstehenden Haaren, verwegenen Tüchern und Augenklappen, auf einem schwankenden Boot, bevor sie kentern und sich in Ungeheuer verwandeln. Sie haben Pistolen und Bögen, sind bis an die Zähne bewaffnet und sehen sehr gefährlich aus.

Es gibt wohl nichts, was drei Piraten besiegen könnte, nicht wahr? Die Bande starrt in die Kamera, die Augen rot vom Blitz. Sie sehen aus wie die Augen von Drachen. Und so wäre es nicht erstaunlich, wenn sie, sobald das Boot kentert, einfach davonfliegen würden.